KB195740

하늘과 바람과 별과 시

윤동주 전집

별을 노래하다 별이 된 시인, 우리의 영원한 청년 – 윤동주 평설

하늘과 바람과 별과 시

시(詩)와 필사 노트

윤 동 주 전 집

(유) 한국영상문화사

차례

1. 하늘과 바람과 별과 시

2. 쉽게 씌어진 시

3. 산문

별을 노래하다 별이 된 시인

1.

하늘과
바람과 별과 시

서시 (序詩)

죽는 날까지 하늘을 우러러
한 점 부끄러움이 없기를,
잎새에 이는 바람에도
나는 괴로워했다.
별을 노래하는 마음으로
모든 죽어가는 것을 사랑해야지
그리고 나한테 주어진 길을
걸어가야겠다.

오늘밤에도 별이 바람에 스치운다.

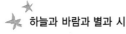
하늘과 바람과 별과 시

자화상

산모퉁이를 돌아 논가 외딴 우물을 홀로 찾아가선 가만히 들여다봅니다.

우물 속에는 달이 밝고 구름이 흐르고
하늘이 펼치고 파아란 바람이 불고 가을이 있습니다.

그리고 한 사나이가 있습니다.
어쩐지 그 사나이가 미워져 돌아갑니다.

돌아가다 생각하니 그 사나이가 가엾어집니다.
도로 가 들여다보니 사나이는 그대로 있습니다.

다시 그 사나이가 미워져 돌아갑니다.
돌아가다 생각하니 그 사나이가 그리워집니다.

우물 속에는 달이 밝고 구름이 흐르고
하늘이 펼치고 파아란 바람이 불고 가을이 있고 추억처럼
사나이가 있습니다.

소년

여기저기서 단풍잎 같은 슬픈 가을이 뚝뚝 떨어진다.
단풍잎 떨어져 나온 자리마다 봄을 마련해놓고
나뭇가지 위에 하늘이 펼쳐있다.
가만히 하늘을 들여다보면 눈썹에 파란 물감이 든다.
두 손으로 따뜻한 볼을 쓸어보면
손바닥에도 파란 물감이 묻어난다.

다시 손바닥을 들여다본다.
손금에는 맑은 강물이 흐르고, 맑은 강물이 흐르고,
강물 속에는
사랑처럼 슬픈 얼굴―아름다운 순이(順伊)의 얼굴이
어린다.
소년은 황홀히 눈을 감아본다.
그래도 맑은 강물은 흘러
사랑처럼 슬픈 얼굴―아름다운 순이의 얼굴은 어린다.

눈 오는 지도

순이(順伊)가 떠난다는 아침에 말 못할 마음으로 함박눈이
내려, 슬픈 것처럼 창밖에 아득히 깔린 지도 위에 덮인다.
방 안을 돌아다보아야 아무도 없다. 벽과 천정이 하얗다. 방
안에까지 눈이 내리는 것일까. 정말 너는 잃어버린 역사처럼
홀홀이 가는 것이냐. 떠나기 전에 일러둘 말이 있던 것을
편지를 써서도 네가 가는 곳을 몰라 어느 거리, 어느 마을,
어느 지붕 밑, 너는 네 마음속에만 남아 있는 것이냐, 네
쪼고만 발자욱을 눈이 자꾸 내려 덮여 따라갈 수도 없다.
눈이 녹으면 남은 발자욱 자리마다 꽃이 피리니 꽃 사이로
발자욱을 찾아 나서면 일년 열두 달 하냥* 내 마음에는
눈이 내리리라.

* 하냥 : '늘', '함께'의 방언

병원

살구나무 그늘로 얼굴을 가리고 병원 뒤뜰에 누워, 젊은
여자가 흰옷 아래로 하얀 다리를 드러내놓고 일광욕을 한다.
한나절이 기울도록 가슴을 앓는다는 이 여자를 찾아오는
이, 나비 한 마리도 없다. 슬프지도 않은 살구나무 가지에는
바람조차 없다.

나도 모를 아픔을 오래 참다 처음으로 이곳에 찾아왔다.
그러나 나의 늙은 의사는 젊은이의 병을 모른다. 나한테는
병이 없다고 한다. 이 지나친 시련, 이 지나친 피로, 나는
성내서는 안 된다.

여자는 자리에서 일어나 옷깃을 여미고 화단에서 금잔화
한 포기를 따 가슴에 꽂고 병실로 사라진다. 나는 그 여자의
건강이―아니 내 건강도 속히 회복되기를 바라며 그가
누웠던 자리에 누워 본다.

태초의 아침

봄날 아침도 아니고
여름, 가을, 겨울,
그런 날 아침도 아닌 아침에

빨―알간 꽃이 피어났네,
햇빛이 푸른데,

그 전날 밤에
그 전날 밤에
모든 것이 마련되었네.

사랑은 뱀과 함께
독(毒)은 어린 꽃과 함께.

또 태초의 아침

하얗게 눈이 덮이었고
전신주가 잉잉 울어
하나님 말씀이 들려온다.

무슨 계시일까,

빨리
봄이 오면
죄를 짓고
눈이
밝아

이브가 해산(解産)하는 수고를 다하면

무화과(無花果) 잎사귀로 부끄러운 데를 가리고

나는 이마에 땀을 흘려야겠다.

눈 감고 간다

태양을 사모하는 아이들아
별을 사랑하는 아이들아

밤이 어두웠는데
눈 감고 가거라.

가진바 씨앗을
뿌리면서 가거라.

발부리에 돌이 채이거든
감았던 눈을 활짝 펴라.

간판 없는 거리

정거장 플랫폼에
내렸을 때 아무도 없어,

다들 손님들뿐,
손님 같은 사람들뿐,

집집마다 간판이 없어
집 찾을 근심이 없어

빨갛게
파랗게
불 붙는 문자(文字)도 없이

모퉁이마다
자애로운 헌 와사등(瓦斯燈)에
불을 켜놓고,

손목을 잡으면
다들, 어진 사람들
다들, 어진 사람들

봄, 여름, 가을, 겨울
순서로 돌아들고.

무서운 시간

거 나를 부르는 것이 누구요,

가랑잎 이파리 푸르러 나오는 그늘인데,
나 아직 여기 호흡이 남아 있소.

한 번도 손들어 보지 못한 나를
손들어 표할 하늘도 없는 나를

어디에 내 한몸 둘 하늘이 있어
나를 부르는 것이오.

일을 마치고 내 죽는 날 아침에는
서럽지도 않은 가랑잎이 떨어질 텐데……

나를 부르지 마오

새벽이 올 때까지

다들 죽어가는 사람들에게
검은 옷을 입히시오.

다들 살아가는 사람들에게
흰 옷을 입히시오.

그리고 한 침대에
가지런히 잠을 재우시오.

다들 울거들랑
젖을 먹이시오.

이제 새벽이 오면
나팔 소리가 들려올 게외다.

새로운 길

내를 건너서 숲으로
고개를 넘어서 마을로

어제도 가고 오늘도 갈
나의 길 새로운 길

민들레가 피고 까치가 날고
아가씨가 지나고 바람이 일고

나의 길은 언제나 새로운 길
오늘도… 내일도…

내를 건너 숲으로
고개를 넘어 마을로

시(詩)와 필사 노트

돌아와 보는 밤

세상으로부터 돌아오듯이
이제 내 좁은 방에 돌아와 불을 끄옵니다.
불을 켜 두는 것이 너무나 괴로운 일이옵니다.
그것은 낮의 연장(延長)이옵기에ㅡ

이제 창을 열어 공기를 바꾸어 들여야 할텐데
밖을 가만히 내다보아야
방 안과 같이 어두워 꼭 세상 같은데
비를 맞고 오던 길이
그대로 빗속에 젖어 있사옵니다.

하루의 울분을 씻을 바 없어
가만히 눈을 감으면
마음 속으로 흐르는 소리,
이제 사상(思想)이
능금처럼 저절로 익어 가옵니다.

바람이 불어

바람이 어디로부터 불어와
어디로 불려가는 것일까,

바람이 부는데
내 괴로움에는 이유가 없다.

내 괴로움에는 이유가 없을까,

단 한 여자를 사랑한 일도 없다.
시대를 슬퍼한 일도 없다.

바람이 자꾸 부는데
내 발이 반석 위에 섰다.

강물이 자꾸 흐르는데
내 발이 언덕 위에 섰다.

또 다른 고향

고향에 돌아온 날 밤에
내 백골이 따라와 한 방에 누웠다.
어둔 방은 우주로 통하고
하늘에선가 소리처럼 바람이 불어온다.
어둠 속에서 곱게 풍화작용(風化作用)하는
백골을 들여다보며
눈물짓는 것이 내가 우는 것이냐
백골이 우는 것이냐
아름다운 혼이 우는 것이냐
지조 높은 개는
밤을 새워 어둠을 짖는다.
어둠을 짖는 개는
나를 쫓는 것일 게다.
가자 가자
쫓기우는 사람처럼 가자.
백골 몰래
아름다운 또 다른 고향에 가자.

★ 하늘과 바람과 별과 시

십자가

쫓아오던 햇빛인데
지금 교회당 꼭대기
십자가에 걸렸습니다.

첨탑이 저렇게도 높은데
어떻게 올라갈 수 있을까요.

종소리도 들려오지 않는데
휘파람이나 불며 서성거리다가,

괴로웠던 사나이,
행복한 예수 그리스도에게
처럼
십자가가 허락한다면

모가지를 드리우고
꽃처럼 피어나는 피를
어두워 가는 하늘 밑에
조용히 흘리겠습니다.

길

잃어버렸습니다.
무얼 어디다 잃어버렸는지 몰라
두 손이 주머니를 더듬어
길게 나아갑니다.

돌과 돌과 돌이 끝없이 연달아
길은 돌담을 끼고 갑니다.
담은 쇠문을 굳게 닫아
길 위에 긴 그림자를 드리우고

길은 아침에서 저녁으로
저녁에서 아침으로 통했습니다.
돌담을 더듬어 눈물짓다
쳐다보면 하늘은 부끄럽게 푸릅니다.

풀 한 포기 없는 이 길을 걷는 것은
담 저쪽에 내가 남아 있는 까닭이고,

내가 사는 것은 다만,
잃은 것을 찾는 까닭입니다.

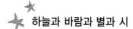 하늘과 바람과 별과 시

시(詩)와 필사 노트

별 헤는 밤

계절이 지나가는 하늘에는
가을로 가득 차 있습니다.

나는 아무 걱정도 없이
가을 속의 별들을 다 헤일 듯합니다.

가슴속에 하나 둘 새겨지는 별을
이제 다 못 헤는 것은
쉬이 아침이 오는 까닭이요,
내일 밤이 남은 까닭이요,
아직 나의 청춘이 다하지 않은 까닭입니다.

별 하나에 추억과
별 하나에 사랑과
별 하나에 쓸쓸함과
별 하나에 동경(憧憬)과
별 하나에 시와
별 하나에 어머니, 어머니,

하늘과 바람과 별과 시

어머님, 나는 별 하나에 아름다운 말 한 마디씩
불러 봅니다.
소학교 때 책상을 같이 했던
아이들의 이름과
패(佩), 경(鏡), 옥(玉).
이런 이국소녀(異國少女)들의 이름과
벌써 애기 어머니가 된 계집애들의 이름과,
가난한 이웃 사람들의 이름과,
비둘기, 강아지, 토끼. 노새, 노루,
프랑시스 잠, 라이너 마리아 릴케
이런 시인들의 이름을 불러 봅니다.

이네들은 너무나 멀리 있습니다,
별이 아슬히 멀듯이,

어머님,
그리고 당신은 멀리 북간도에 계십니다.
나는 무엇인지 그리워

이 많은 별빛이 내린 언덕 위에
내 이름자를 써보고
흙으로 덮어버렸습니다,

딴은 밤을 새워 우는 벌레는
부끄러운 이름을 슬퍼하는 까닭입니다.

그러나 겨울이 지나고 나의 별에도 봄이 오면
무덤 위에 파란 잔디가 피어나듯이
내 이름자 묻힌 언덕 위에도
자랑처럼 풀이 무성할 게외다.

2.

___

쉽게
쓰어진 시

흰 그림자

황혼(黃昏)이 짙어지는 길모금에서
하루 종일 시든 귀를 가만히 기울이면
땅거미 옮겨지는 발자취 소리,

발자취 소리를 들을 수 있도록
나는 총명했던가요.

이제 어리석게도 모든 것을 깨달은 다음
오래 마음 깊은 속에
괴로워하던 수많은 나를
하나, 둘 제 고향으로 돌려보내면
거리 모퉁이 어둠 속으로
소리없이 사라지는 흰 그림자,

흰 그림자들,
연연히 사랑하던 흰 그림자들,
내 모든 것을 돌려보낸 뒤
허전한 뒷골목을 돌아
황혼처럼 물드는 내 방으로 돌아오면

신념이 깊은 의젓한 양(羊)처럼
하루 종일 시름없이 풀포기나 뜯자.

슬픈 족속

흰 수건이 검은 머리를 두르고
흰 고무신이 거친 발에 걸리우다.

흰 저고리 치마가 슬픈 몸집을 가리고
흰 띠가 가는 허리를 질끈 동이다.

봄 1

봄이 혈관 속에 시내처럼 흘러
돌, 돌, 시내 차가운 언덕에
개나리, 진달래, 노오란 배추꽃

삼동(三冬)을 참아온 나는
풀포기처럼 피어난다.

즐거운 종달새야
어느 이랑에서나 즐거웁게 솟쳐라.

푸르른 하늘은
아른아른 높기도 한데......

사랑스런 추억

봄이 오던 아침, 서울 어느 조그만 정거장에서
희망과 사랑처럼 기차를 기다려,

나는 플랫폼에 간신히 그림자를 떨어뜨리고,
담배를 피웠다.

내 그림자는 담배 연기 그림자를 날리고
비둘기 한 떼가 부끄러울 것도 없이
나래 속을 속, 속, 햇빛에 비춰 날았다.

기차는 아무 새로운 소식도 없이
나를 멀리 실어다 주어,

봄은 다 가고―동경(東京) 교외 어느 조용한
하숙방에서, 옛 거리에 남은 나를 희망과
사랑처럼 그리워한다.
오늘도 기차는 몇 번이나 무의미하게 지나가고.

오늘도 나는 누구를 기다려
정거장 가까운 언덕에서 서성거릴 게다.

―아아 젊음은 오래 거기 남아 있거라.

비 오는 밤

쏴—철석! 파도 소리 물살에 부서져
잠 살포시 꿈이 흩어진다.

잠은 한낱 검은 고래떼처럼 살래어,
달랠 아무런 재주도 없다.

불을 밝혀 잠옷을 정성스레 여미는
삼경(三更),
염원(念願),

동경의 땅 강남(江南)에 또 홍수질 것만 싶어,
바다의 향수(鄕愁)보다 더 호젓해진다.

못 자는 밤

하나, 둘, 셋, 넷
....
밤은
많기도 하다.

시(詩)와 필사 노트

쉽게 씌어진 시

창 밖에 밤비가 속살거려
육첩방(六疊房)은 남의 나라,

시인이란 슬픈 천명(天命)인 줄 알면서도
한 줄 시를 적어 볼까,

땀내와 사랑내 포근히 품긴
보내 주신 학비 봉투를 받아

대학 노―트를 끼고
늙은 교수의 강의 들으러 간다.

생각해 보면 어린 때 동무를
하나, 둘, 죄다 잃어버리고

나는 무얼 바라
나는 다만, 홀로 침전(沈澱)하는 것일까?

인생은 살기―어렵다는데

시가 이렇게 쉽게 씌어지는 것은
부끄러운 일이다.

육첩방(六疊房)은 남의 나라
창 밖에 밤비가 속살거리는데,

등불을 밝혀 어둠을 조금 내몰고,
시대처럼 올 아침을 기다리는 최후의 나,

나는 나에게 작은 손을 내밀어
눈물과 위안으로 잡는 최초의 악수.

흐르는 거리

으스름히 안개가 흐른다. 거리가 흘러간다.
저 전차, 자동차, 모든 바퀴가
어디로 흘리워 가는 것일까?
정박(碇泊)할 아무 항구도 없이,
가련한 많은 사람들을 싣고서,
안개 속에 잠긴 거리는,

거리 모퉁이 붉은 포스트 상자를
붙잡고 섰을 라면 모든 것이 흐르는 속에
어렴풋이 빛나는 가로등, 꺼지지 않는 것은 무슨
상징일까?
사랑하는 동무 박(朴)이여!
그리고 김(金)이여!
자네들은 지금 어디 있는가?
끝없이 안개가 흐르는데,

「새로운 날 아침 우리 다시 정답게 손목을 잡아보세」
몇 자 적어 포스트 속에 떨어뜨리고,

밤을 새워 기다리면
금휘장에 금단추를 달았고
거인처럼 찬란히 나타나는 배달부,
아침과 함께 즐거운 내림(來臨),
이 밤을 하염없이 안개가 흐른다.

꿈은 깨어지고

꿈은 눈을 떴다
그윽한 유무(幽霧)에서,

노래하는 종다리
도망쳐 날아나고,
지난날 봄타령하던
금잔디밭은 아니다.

탑(塔)은 무너졌다.
붉은 마음의 탑이ㅡ

손톱으로 새긴 대리석탑이ㅡ
하루 저녁 폭풍(暴風)에 여지(餘地) 없어도,

오오 황폐의 쑥밭,
눈물과 목메임이여!
꿈은 깨어졌다
탑(塔)은 무너졌다.

팔복 (八福)

마태복음 5장 3-12

슬퍼하는 자는 복이 있나니
슬퍼하는 자는 복이 있나니
슬퍼하는 자는 복이 있나니
슬퍼하는 자는 복이 있나니
슬퍼하는 자는 복이 있나니
슬퍼하는 자는 복이 있나니
슬퍼하는 자는 복이 있나니
슬퍼하는 자는 복이 있나니

저희가 영원히 슬플 것이오.

달밤

흐르는 달의 흰 물결을 밀쳐
여윈 나무 그림자를 밟으며
북망산(北邙山)을 향한 발걸음은 무거웁고
고독을 반려(伴侶)한 마음은 슬프기도 하다.

누가 있어만 싶은 묘지엔 아무도 없고,
정적(靜寂)만이 군데군데 흰 물결에 폭 젖었다.

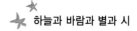
하늘과 바람과 별과 시

간 (肝)

바닷가 햇빛 바른 바위 위에
습한 간(肝)을 펴서 말리우자.

코카서스 산중에서 도망해 온 토끼처럼
둘러리를 빙빙 돌며 간(肝)을 지키자,

내가 오래 기르던 여윈 독수리야!
와서 뜯어 먹어라, 시름없이

너는 살찌고
나는 여위어야지, 그러나,

거북이야!
다시는 용궁의 유혹에 안 떨어진다.

프로메테우스 불쌍한 프로메테우스
불 도적한 죄로 목에 맷돌을 달고
끝없이 침전(沈澱)하는 프로메테우스.

유언 (遺言)

후어ㅡㄴ한 방에
유언(遺言)은 소리없는 입놀림

바다에 진주 캐러 갔다는 아들
해녀와 사랑을 속삭인다는 맏아들
이밤에사 돌아오나 내다 봐라 ㅡ

평생 외롭던 아버지의 운명(殞命)
감기우는 눈에 슬픔이 어린다.

외딴 집에 개가 짖고
휘양찬 달이 문살에 흐르는 밤.

만돌이

만돌이가 학교에서 돌아오다가
전봇대 있는 데서
돌짜기 다섯 개를 주웠습니다.

전봇대를 겨누고
돌 첫개를 부렸습니다.
—딱—
두 개째 부렸습니다.
—아뿔싸—
세 개째 부렸습니다.
—딱—
네 개째 부렸습니다.
—아뿔싸—
다섯 개째 부렸습니다.
—딱—

다섯 개에 세 개......
그만하면 되었다.
내일 시험.
다섯 문제에 세 문제만 하면—

손꼽아 구구를 하여 봐도

황혼

햇살은 미닫이 틈으로
길쭉한 일자(一字)를 쓰고... 지우고...

까마귀떼 지붕 위로
둘, 둘, 셋, 넷 자꾸 날아 지난다.
쑥쑥, 꿈틀꿈틀 북쪽 하늘로

내사......
북쪽 하늘에 나래를 펴고 싶다.

남쪽 하늘

제비는 두 나래를 가지었다.
시산한 가을날—

어머니의 젖가슴이 그리운

서리 내리는 저녁—
이런 영(靈)은 쪽나래의 향수(鄕愁)를 타고
남쪽의 하늘에 떠돌 뿐—

참회록(懺悔錄)

파란 녹이 낀 구리 거울 속에
내 얼굴이 남아 있는 것은
어느 왕조의 유물이기에
이다지도 욕될까

나는 나의 참회(懺悔)의 글을 한 줄에 줄이자
─만 이십사년 일 개월을
무슨 기쁨을 바라 살아왔던가

내일이나 모레나 그 어느 즐거운 날에
나는 또 한 줄의 참회록을 써야 한다.
─그때 그 젊은 나이에
왜 그런 부끄런 고백을 했던가

밤이면 밤마다 나의 거울을
손바닥으로 발바닥으로 닦아보자.

그러면 어느 운석 밑으로 홀로 걸어가는
슬픈 사람의 뒷모양이
거울 속에 나타나 온다.

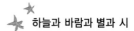 하늘과 바람과 별과 시

아침

훾, 훾, 훾,
소꼬리가 부드러운 채찍질로
어둠을 쫓아
캄, 캄, 어둠이 깊다깊다 밝으오.

이제 이 동리의 아침이
풀살 오른 소의 엉덩이처럼 푸르오.
이 동리 콩죽 먹은 사람들이
땀물을 부려 이 여름을 길렀소.

잎, 잎, 풀잎마다 땀방울이 맺혔소.

구김살 없는 이 아침을
심호흡하고 또 하오.

비둘기

안아 보고 싶게 귀여운
산비둘기 일곱 마리
하늘 끝까지 보일 듯이 맑은 공일날 아침에
벼를 거두어 빤빤한 논에
앞을 다투어 모이를 주으며
어려운 이야기를 주고 받으오.

날씬한 두 나래로 조용한 공기를 흔들어
두 마리가 나오
집에 새끼 생각이 나는 모양이오.

산협(山峽)의 오후

내 노래는 오히려
설운 산울림

골짜기 길에
떨어진 그림자는
너무나 슬프구나.

오후의 명상은
아― 졸려.

내일은 없다

– 어린 마음이 물은

내일 내일 하기에
물었더니
밤을 지고 동틀 때
내일이라고

새날을 찾던 나는
잠을 자고 돌아보니
그때는 내일이 아니라
오늘이더라
무리여! 동무여!
내일은 없나니
....

한난계 (寒暖計)

싸늘한 대리석 기둥에 모가지를 비틀어 맨 한난계
문득 들여다 볼 수 있는 운명(運命)한
오척 육촌(五尺六寸)의 허리 가는 수은주,
마음은 유리 관(管)보다 맑소이다.

혈관이 단조로워 신경질인 여론동물(輿論動物),
가끔 분수같은 냉(冷)침을 억지로 삼키기에
정력을 낭비합니다.

영하(零下)로 손가락질할 수돌네 방처럼
추운 겨울보다
해바라기 만발한 팔월 교정이 이상(理想)곱소이다.
피끓을 그날이―

어제는 막 소나기가 퍼붓더니
오늘은 좋은 날씨올시다.
동저고리 바람에 언덕으로, 숲으로 하시구려―
이렇게 가만 가만 혼자서

귓속 이야기를 하였습니다.

나는 또 내가 모르는 사이에―

나는 아마도 진실한 세기의 계절을 따라
하늘만 보이는 울타리 안을 뛰쳐,
역사같은 포지션을 지켜봅니다.

산상 (山上)

거리가 바둑판처럼 보이고,
강물이 뱀의 새끼처럼 기는
산 위에까지 왔다.
아직쯤은 사람들이
바둑돌처럼 벌려 있으리라.

한나절의 태양이
함석지붕에만 비치고,
굼벵이 걸음을 하던 기차가
정거장에 섰다가 검은 내를 토하고
또 걸음발을 탄다.

텐트 같은 하늘이 무너져
이 거리를 덮을까 궁금하면서
좀 더 높은데로 올라가고 싶다.

무얼 먹고 사나

바닷가 사람
물고기 잡아먹고 살고

산골엣 사람
감자 구어 먹고 살고

별나라 사람
무얼 먹고 사나.

이런 날

사이좋은 정문(正門)의 두 돌기둥 끝에서
오색기(五色旗)와 태양기(太陽旗)가 춤을 추는 날,
금을 그은 지역의 아이들이 즐거워하다.

아이들에게 하루의 건조한 학과(學課)로
해말간 권태(倦怠)가 깃들고
「모순(矛盾)」 두 자를 이해치 못하도록
머리가 단순하였구나.

이런 날에는
잃어버린 완고하던 형을
부르고 싶다.

창공

그 여름날
열정의 포플러는
오려는 창공의 푸른 젖가슴을
어루만지려
팔을 펼쳐 흔들거렸다.
끓는 태양 그늘 좁다란 지점에서
천막(天幕)같은 하늘 밑에서
떠들던, 소나기
그리고 번개를,
춤추던 구름을 이끌고
남방(南方)으로 도망하고
높다랗게 창공은 한 폭으로
가지 위에 퍼지고
둥근 달과 기러기를 불러왔다.

푸르른 어린 마음이 이상(理想)에 타고
그의 동경(憧憬)의 날 가을에
조락(凋落)의 눈물을 비웃다.

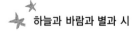 하늘과 바람과 별과 시

고추밭

시들은 잎새 속에서
고 빠알간 살을 드러내 놓고,
고추는 방년(芳年)된 아가씨인냥
땡볕에 자꾸 익어간다.

할머니는 바구니를 들고
밭머리에서 어정거리고
손가락 너어는 아이는
할머니 뒤만 따른다.

초 한 대

초 한 대—
내 방에 풍긴 향내를 맡는다.

광명의 제단(祭壇)이 무너지기 전
나는 깨끗한 제단을 보았다.

염소의 갈비뼈 같은 그의 몸,
그의 생명인 심지(心志)까지
백옥 같은 눈물과 피를 흘려
불살라버린다.

그리고도 책상머리에 아롱거리며
선녀처럼 촛불은 춤을 춘다.

매를 본 꿩이 도망하듯이
암흑이 창구멍으로 도망한
니의 방에 풍긴
제물의 위대한 향내를 맛보노라.

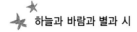
하늘과 바람과 별과 시

병아리

「뾰, 뾰, 뾰,
엄마 젖 좀 주」
병아리 소리.

「꺽, 꺽. 꺽,
오냐 좀 기다려」
엄마닭 소리.

좀 있다가
병아리들은
엄마품 속으로
다 들어갔지요.

버선본

어머니
누나 쓰다버린 습자지는
두었다간 뭣에 쓰나요?

그런 줄 몰랐더니
습자자에다 내 버선 놓고
가위로 오려
버선본 만드는 걸.

어머니
내가 쓰다버린 몽당연필은
두었다간 뭣에 쓰나요?

그런 줄 몰랐더니
천 위에다 버선본 놓고
침 발라 점을 찍곤
내 버선 만드는 걸.

바다

실어다 뿌리는
바람조차 시원타.

솔나무 가지마다 새촘히
고개를 돌리어 뻐들어지고,

밀치고
밀치운다.

이랑을 넘는 물결은
폭포처럼 피어오른다.

해변(海邊)에 아이들이 모인다
찰찰 손을 씻고 구보로,
바다는 자꾸 설워진다.
갈매기의 노래에......

돌아다보고 돌아다보고
돌아가는 오늘의 바다여!

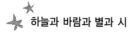 하늘과 바람과 별과 시

겨울

처마 밑에
시래기 다래미
바삭바삭
추워요.

길바닥에
말똥 동그라미
달랑달랑 얼어요.

이적 (異蹟)

발에 터부한 것을 따 빼어 버리고
황혼이 호수 위로 걸어오듯이
나도 사뿐사뿐 걸어 보리이까?

내사 이 호수가로
부르는 이 없이
불리워 온 것은
참말 이적(異蹟)이외다.

오늘 따라
연정(戀情), 자홀(自惚), 시기(猜忌), 이것들이
자꾸 금메달처럼 만져지는구려

허나, 내 모든 것을 여념(餘念)없이
물결에 씻어 보내려니
당신은 호면(湖面)으로 불러내소서.

햇빛·바람

손가락에 침발라
쏘옥, 쏙, 쏙,
장에 가는 엄마 내다보려 문풍지를
쏘옥, 쏙,쏙,

아침에 햇빛이 반짝,

손가락에 침발라
쏘옥, 쏙, 쏙,
장에 가신 엄마 돌아오나
문풍지를
쏘옥, 쏙, 쏙,

저녁에 바람이 솔솔.

하늘과 바람과 별과 시

눈

지난밤에
눈이 소오복이 왔네.

지붕이랑
길이랑 밭이랑
추워한다고
덮어주는 이불인가봐.

그러기에
추운 겨울에만 내리지

위로 (慰勞)

거미란 놈이 흉한 심보로
병원 뒤뜰 난간과 꽃밭 사이
사람 발이 잘 닿지 않는 곳에 그물을 쳐놓았다.
옥외 요양(屋外療養)을 받는
젊은 사나이가 누워서 쳐다보기 바르게―

나비 한 마리 꽃밭에 날아 들다 그물에 걸리었다.
노-란 날개를 파득거려도
나비는 자꾸 감기우기만 한다.
거미가 쏜살같이 가더니 끝없는 실을 뽑아
나비의 온몸을 감아버린다.

사나이는 긴 한숨을 쉬었다.

나이보담 무수한 고생 끝에
때를 잃고 병(病)을 얻은 이 사나이를
위로(慰勞)할 말이―
거미줄을 헝클어 버리는 것밖에 위로의 말이 없었다.

가슴 1

소리없는 북,
답답하면 주먹으로
두드려 보오.

그래 봐도
후—
가아는 한숨보다 못하오.

가슴 2

불 꺼진 화(火)독을
안고 도는 겨울밤은 깊었다.

재만 남은 가슴이
문풍지 소리에 떤다.

곡간 (谷間)

산들이 두 줄로 줄달음치고
여울이 소리쳐 목이 잦았다.
한여름의 햇님이 구름을 타고
이 골짜기를 빠르게도 건너려 한다.

산등허리에 송아지 뿔처럼
울뚝불뚝히 어린 바위가 솟고,
얼룩소의 보드라운 털이
산등성이에 퍼-렇게 자랐다.

3년 만에 고향에 찾아드는
산골 나그네의 발걸음이
타박타박 땅을 고눈다.
벌거숭이 두루미 다리같이……

헌신짝이 지팡이 끝에
모가지를 매달아 늘어지고,
까치가 새끼의 날발을 태우며 날 뿐,
골짝은 나그네의 마음처럼 고요하다.

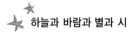 하늘과 바람과 별과 시

거리에서

달밤의 거리
광풍(狂風)이 휘날리는
북국(北國)의 거리
도시의 진주
전등 밑을 헤엄치는
조그만 인어(人魚) 나,
달과 전등에 비쳐
한 몸에 둘셋의 그림자,
커졌다 작아졌다.
괴롬의 거리
회색(灰色)빛 밤거리를
걷고 있는 이 마음
선풍(旋風)이 일고 있네
외로우면서도
한 갈피 두 갈피
피어나는 마음의 그림자,
푸른 공상(空想)이
높아졌다 낮아졌다.

비로봉 (毘盧峰)

만상(萬象)을
굽어보기란 ―

무릎이
오들오들 떨린다.

백화(白樺)
어려서 늙었다.

새가
나비가 된다.

정말 구름이
비가 된다.

옷 자락이
춥다.

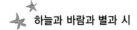 하늘과 바람과 별과 시

풍경 (風景)

봄바람을 등진 초록빛 바다
쏟아질 듯 쏟아질듯 위태롭다.

잔주름 치마폭의 두둥실거리는 물결은
오스라질 듯 한끝 경쾌롭다.

마스트 끝에 붉은 깃발이
여인의 머리칼처럼 나부낀다.

이 생생한 풍경을 앞세우며 뒤세우며
외ーㄴ하루 거닐고 싶다.

ー우중충한 오월 하늘 아래로,
ー바닷빛 포기포기에 수놓은 언덕으로.

기왓장 내외

비오는 날 저녁에 기왓장 내외
잃어버린 외아들 생각나선지
꼬부라진 잔등을 어루만지며
쭈룩쭈룩 구슬피 울음웁니다.

대궐 지붕 위에서 기왓장 내외
아름답던 옛날이 그리워선지
주름잡힌 얼굴을 어루만지며
물끄러미 하늘만 쳐다봅니다.

산울림

까치가 울어서
산울림,
아무도 못들은
산울림.

까치가 들었다
산울림.
저 혼자 들었다.
산울림.

빗자루

요오리 조리 베면 저고리 되고
이이렇게 베면 큰 총 되지.
누나하고 나하고
가위로 종이 쏠았더니
어머니가 빗자루 들고
누나 하나 나 하나
엉덩이를 때렸소.
방바닥이 어지럽다고―
아아니 아니
고놈의 빗자루가
방바닥 쓸기 싫으니
그랬지 그랬어.
괘씸하여 벽장 속에 감췄더니
이튿날 아침 빗자루가 없다고
어머니가 야단이지요.

고향 집
– 만주에서 부른

헌 짚신짝 끄을고
나 여기 왜 왔노
두만강을 건너서
쓸쓸한 이 땅에

남쪽 하늘 저 밑에
따뜻한 내 고향
내 어머니 계신 곳
그리운 고향 집

애기의 새벽

우리 집에는
닭도 없단다.
다만
애기가 젖 달라 울어서
새벽이 된다.

우리 집에는
시계도 없단다.
다만 애기가 젖 달라 보채어
새벽이 된다.

오줌싸개 지도

빨랫줄에 걸어 논
요에다 그린 지도
지난밤에 내 동생
오줌싸 그린 지도

꿈에 가본 엄마 계신
별나라 지돈가?
돈 벌러 간 아빠 계신
만주땅 지돈가?

빨래

빨랫줄에 두 다리를 드리우고
흰 빨래들이 귓속 이야기하는 오후.

쨍쨍한 7월 햇발은 고요히도
아담한 빨래에만 달린다.

소낙비

번개, 뇌성, 왁자지끈 뚜다려
머ㅡ언 도회지에 낙뢰가 있어만 싶다.

벼룻장 엎어논 하늘로
살 같은 비가 살처럼 쏟아진다.

손바닥만한 나의 정원이
마음같이 흐린 호수 되기 일쑤다.

바람이 팽이처럼 돈다.
나무가 머리를 이루 잡지 못한다.

내 경건한 마음을 모셔 드려
노아 때 하늘을 한 모금 마시다.

코스모스

청초한 코스모스는
오직 하나인 나의 아가씨,

달빛이 싸늘한 추운 밤이면
옛 소녀가 못 견디게 그리워
코스모스 핀 정원으로 찾아간다.

코스모스는
귀뚜리 울음에도 수줍어지고,

코스모스 앞에 선 나는
어렸을 적처럼 부끄러워지나니,

내 마음은 코스모스의 마음이요
코스모스의 마음은 내 마음이다.

비행기

머리에 프로펠러가
연잣간 풍차보다
더-빨리 돈다.

땅에서 오를 때보다
하늘에 높이 떠서는
빠르지 못하다.
숨결이 찬 모양이야.

비행기는―
새처럼 나래를
펄럭거리지 못한다.
그리고 늘―
소리를 지른다.
숨이 찬가 봐.

호주머니

넣을 것 없어
걱정이던 호주머니는,

겨울만 되면
주먹 두 개 갑북갑북.

그 여자

함께 핀 꽃에 처음 익은 능금은
먼저 떨어졌습니다.

오늘도 가을바람은 그냥 붑니다.

길가에 떨어진 붉은 능금은
지나는 손님이 집어갔습니다.

편지

누나!
이 겨울에도
눈이 가득히 왔습니다.

흰 봉투에
눈을 한 줌 넣고
글씨도 쓰지 말고
우표도 붙이지 말고
말쑥하게 그대로
편지를 부칠까요?

누나 가신 나라엔
눈이 아니 온다기에.

달같이

연륜(年輪)이 자라듯이
달이 자라는 고요한 밤에
달같이 외로운 사랑이
가슴하나 뻐근히
연륜처럼 피어나간다.

산골물

괴로운 사람아 괴로운 사람아
옷자락 물결 속에서도
가슴속 깊이 돌돌 샘물이 흘러
이―밤을 더불어 말할 이 없도다.
거리의 소음과 노래 부를 수 없도다.

그신듯이 냇가에 앉았으니
사랑과 일을 거리에 맡기고
가만히 가만히
바다로 가자,
바다로 가자.

산림(山林)

시계가 자근자근 가슴을 때려
불안한 마음을 산림(山林)이 부른다.

천년 오래인 연륜에 찌들은 유암(幽暗)한 산림이,
고달픈 한 몸을 포옹(抱擁)할 인연을 가졌나보다.

산림의 검은 파동(波動)위로부터
어둠은 어린 가슴을 짓밟고

이파리를 흔드는 저녁 바람이
솨ー공포에 떨게 한다.

멀리 첫여름의 개구리 재질댐에
흘러간 마을의 과거는 아질타.

나무 틈으로 반짝이는 별만이
새날의 희망으로 나를 이끈다.

사과

붉은 사과 한 개를
아버지, 어머니,
누나, 나, 넷이서
껍질채로 송치까지
다아 나눠 먹었소.

양지쪽

저쪽으로 황토(黃土) 실은 이 땅 봄바람이
호인(胡人)의 물레바퀴처럼 돌아 지나고

아롱진 사월 태양의 손길이
벽을 등진 설운 가슴마다 올올이 만진다.
지도째기 놀음에 뉘 땅인 줄 모르는 애 둘이
한 뼘 손가락이 짧음을 한(恨)함이여

아서라! 가뜩이나 엷은 평화가
깨어질까 근심스럽다.

조개껍질

아롱아롱 조개 껍데기
울 언니 바닷가에서
주워온 조개 껍데기

여긴 여긴 북쪽 나라요
조개는 귀여운 선물
장난감 조개 껍데기

데굴데굴 굴리며 놀다
짝 잃은 조개 껍데기
한 짝을그리워 하네.

아롱아롱 조개 껍데기
나처럼 그리워하네
물 소리 바닷물 소리.

창 (窓)

쉬는 시간마다
나는 창녘으로 갑니다.

—창은 산 가르침.

이글이글 불을 피워주소,
이 방에 찬 것이 서립니다.

단풍잎 하나
맴도나 보니
이마도 작으마한 선풍(仙風)이 인 게외다.

그래도 싸늘한 유리창에
햇살이 쨍쨍한 무렵
상학종(上學鐘)이 울어만 싶습니다.

장

이른 아침 아낙네들은 시들은 생활을
바구니 하나 가득 담아 이고...
업고 지고...안고 들고...
모여드오 자꾸 장에 모여드오.

가난한 생활을 골골이 벌여 놓고
말려가고 밀려오고...
저마다 생활을 외치오... 싸우오.

왼 하루 올망졸망한 생활을
되질하고 저울질하고 지질하다가
날이 저물어 아낙네들이
쓴 생활과 바꾸어 또 이고 돌아가오.

햇비

아씨처럼 내린다
보슬보슬 햇비
맞아주자 다같이
옥수숫대처럼 크게
　　닷자 엿자 자라게
　　햇님이 웃는다
　　나 보고 웃는다.

하늘다리 놓였다
아롱아롱 무지개
노래하자 즐겁게
　　동무들아 이리 오나
　　다 같아 춤을 추자
　　햇님이 웃는다
　　즐거워 웃는다.

봄 2

우리 애기는
아래발치에서 코올코올,

고양이는
부뚜막에서 가릉가릉,

애기 바람이
나뭇가지에서 소올소올,

아저씨 햇님이
하늘 한가운데서 째앵째앵.

밤

외양간 당나귀
아-ㅇ 외마디 울음 울고

당나귀 소리에
으-아 아 애기 소스리쳐 깨고,

등잔에 불을 다오.

아버지는 당나귀에게
짚을 한 키 담아주시고

어머니는 애기에게
젖을 한 모금 먹이고,

밤은 다시 고요히 잠드오.

비애 (悲哀)

호젓한 세기의 달을 따라
알 듯 모를 듯한 데로 거닐고저!

아닌 밤중에 튀기듯이
잠자리를 뛰쳐
끝없는 광야를 홀로 거니는
사람의 심사는 외로우려니

아— 이 젊은이는
파라미드처럼 슬프구나.

둘 다

바다도 푸르고
하늘도 푸르고

바다도 끝없고
하늘도 끝없고

바다에 돌 던지고
하늘에 침 뱉고

바다는 벙글
하늘은 잠잠.

장미 병들어

장미 병들어
옮겨 놓을 이웃이 없도다.

달랑달랑 외로이
황마차 태워 산에 보낼거나

뚜―구슬피
화륜선 태워 대양에 보낼거나.

프로펠러 소리 요란히
비행기 태워 성층권에 보낼거나

이것 저것
다 그만 두고

자라나는 아들이 꿈을 깨기 전
이 내 가슴에 묻어다오.

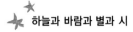 하늘과 바람과 별과 시

명상(瞑想)

가츨가츨한 머리칼은 오막살이 처마끈,
쉬파람에 콧마루가 서운한 양 간질키오.

들창(窓)같은 눈은 가볍게 닫혀
이 밤에 연정(戀情)은 어둠처럼 골골이 스며드오.

아우의 인상화

붉은 이마에 싸늘한 달이 서리어
아우의 얼굴은 슬픈 그림이다.

발걸음을 멈추어
살그머니 앳된 손을 잡으며
「늬는 자라서 무엇이 되려니」
「사람이 되지」
아우의 설은 진정코 설은 대답이다.

슬머시 잡았던 손을 놓고
아우의 얼굴을 다시 들여다본다.
싸늘한 달이 붉은 이마에 젖어
아우의 얼굴은 슬픈 그림이다.

식권

식권은 하루 세끼를 준다.

식모는 젊은 아이들에게
한때 흰 그릇 셋을 준다.

대동강 물로 끓인 국.
평안도 쌀로 지은 밥,
조선의 매운 고추장.

식권은 우리 배를 부르게.

반딧불

가자 가자 가자
숲으로 가자
달 조각을 주으러
숲으로 가자.

그믐달 반딧불은
부서진 달 조각,

가자 가자
숲으로 가자
달 조각을 주으러
숲으로 가자.

사랑의 전당(殿堂)

순아 너는 내 전(殿)에 언제 들어왔던 것이냐?
내사 언제 네 전(殿)에 들어갔던 것이냐?
우리들의 전당은
고풍(古風)한 풍습(風習)이 어린 사랑의 전당

순아 암사슴처럼 수정(水晶)눈을 내려 감아라.
난 사자처럼 엉크린 머리를 고루련다.

우리들의 사랑은 한낱 벙어리였다.
성스런 촛대에 열(熱)한 불이 꺼지기 전
순아 너는 앞문으로 내 달려라.

어둠과 바람이 우리 창에 부닥치기 전
나는 영원한 사랑을 안은 채
뒷문으로 멀리 사라지련다.

이제 네게는 삼림(森林) 속의 아늑한 호수가 있고
내게는 험준(險峻)한 산맥이 있다.

시(詩)와 필사 노트

닭

한 간 계사(鷄舍) 그 너머 창공이 깃들어
자유의 향토를 잊은 닭들이
시들은 생활을 주잘대고
생산의 고로(苦勞)를 부르짖었다.

음산한 계사에서 쏠려나온
외래종(外來種) 레구홍,
학원(學園)에서 새 무리가 밀려나오는
삼월의 맑은 오후도 있다.

닭들은 녹아드는 두엄을 파기에
아담한 두 다리가 분주(奔走)하고
굶주렸던 주두리가 부지런하다.
두 눈이 붉게 여므도록—

개

눈 위에서
개가

꽃을 그리며
뛰오.

종달새

종달새는 이른 봄날
질디진 거리의 뒤골목이
싫더라.
명랑한 봄하늘.
가벼운 누 나래를 펴서
요염한 봄노래가 좋더라.
그러나,
오늘도 구멍 뚫린 구두를 끌고,

훌렁훌렁 뒷거리길로
고기새끼 같은 나는 나는 헤매나니,
나래와 노래가 없음인가
가슴이 답답하구나.

이별

눈이 오다, 물이 되는 날
잿빛 하늘에 또 부연 내, 그리고
크다란 기관차는 빼―액― 울며,
조그만, 가슴은, 울렁거린다.

이별이 너무 재빠르다, 안타깝게도,
사랑하는 사람을,
일터에서 만나자 하고―
더운 손의 맛과, 구슬 눈물이 마르기 전
기차는 꼬리를 산굽으로 돌렸다.

굴뚝

산골짝 오막살이 낮은 굴뚝엔
몽기몽기 웨인 연기 대낮에 솟나.

감자를 굽는 게지 총각애들이
깜박깜박 검은 눈이 모여 앉아서
입술에 꺼멓게 숯을 바르고
옛이야기 한커리에 감자 하나씩,

산골짜기 오막살이 낮은 굴뚝엔
살랑살랑 솟아나네 감자 굽는 내.

모란봉(牡丹峰)에서

앙상한 소나무 가지에
훈훈한 바람의 날개가 스치고
얼음 섞인 대동강물에
한나절 햇발이 미끌어지다.

허물어진 성터에서
철모르는 여아들이
저도 모를 이국말로
재잘대며 뜀을 뛰고

난데없는 자동차가 밉다.

해바라기 얼굴

누나의 얼굴은
　해바라가 얼굴
해가 금방 뜨자
　일터에 간다.

해바라기 얼굴은
　누나의 얼굴
얼굴이 숙어들어
　집으로 온다.

참새

가을 지난 마당은 하이얀 종이
참새들이 글씨를 공부하지요.

째액째액 입으로 받아 읽으며
두 발로는 글씨를 연습하지요.

하루종일 글씨를 공부하여도
짹자 한 자 밖에는 더 못쓰는 걸.

삶과 죽음

삶은 오늘도 죽음의 서곡을 노래하였다.
이 노래가 언제나 끝나랴.

세상 사람은—
뼈를 녹여내는 듯한 삶의 노래에
춤을 춘다
사람들은 해가 넘어가기 전
이 노래 끝의 공포를
생각할 사이가 없었다.

하늘 복판에 알 새기 듯이
이 노래를 부른 자가 누구뇨

그리고 소낙비 그친뒤 같이도
이 노래를 그친 자가 누구뇨

죽고 뼈만 남은
죽음의 승리자(勝利者) 위인(偉人)들!

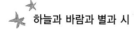 하늘과 바람과 별과 시

공상

공상-
내 마음의 탑
나는 말없이 이 탑을 쌓고 있다.
명예와 허영의 천공에다.
무너질 줄 모르고
한 층 두 층 높이 쌓는다.

무한한 나의 공상-
그것은 내 마음의 바다.
나는 두 팔을 펼쳐서
나의 바다에서
자유로이 헤엄친다.
황금 지욕의 수평선을 향하여.

황혼이 바다가 되어

하루도 검푸른 물결에
흐느적 잠기고... 잠기고...

저ㅡ웬 검은 고기떼가
물든 바다를 날아 횡단(橫斷)할고,

낙엽이 된 해초
해초마다 슬프기도 하오.

서창(西窓)에 걸린 해말간 풍경화,
옷고름 너어 고아의 설움.

이제 첫 항해하는 마음을 먹고
방바닥에 나뒹구오... 뒹구오...

황혼이 바다가 되어
오늘도 수많은 배가
나와 함께 이 물결에 잠겼을게요.

귀뚜라미와 나와

귀뚜라미와 나와
잔디밭에서 이야기했다.

귀뚤귀뚤
귀뚤귀뚤

아무에게도 알으켜 주지 말고
우리 둘만 알자고 약속했다.

귀뚤귀뚤
귀뚤귀뚤

귀뚜라미와 나와
달 밝은 밤에 이야기했다.

거짓부리

똑, 똑, 똑,
문 좀 열어 주세요.
하룻밤 자고 갑시다
　　밤은 깊고 날은 추운데
　　거 누굴까?
문 열어 주고 보니
검둥이의 꼬리가
거짓부리 한 걸.
꼬기요, 꼬기요,
달걀 낳았다.
간난아 어서 집어 가거라
　　간난이 뛰어가 보니
　　달걀은 무슨 달걀
고놈의 암탉이
대낮에 새빨간
거짓부리 한 걸

나무

나무가 춤을 추면
　　바람이 불고,
나무가 잠잠하면
　　바람도 자오.

3.

산문

별똥 떨어진 데

밤이다.

하늘은 푸르다 못해 농회색(濃灰色)으로 캄캄하나 별들만은 또렷또렷 빛난다. 침침한 어둠 뿐만 아니라 오싹오싹 춥다. 이 육중한 기류 가운데 자조(自嘲)하는 한 젊은이가 있다. 그를 나라고 불러 두자.

나는 이 어둠에서 배태(胚胎)되고 이 어둠에서 생장하여서 아직도 이 어둠 속에 그대로 생존하나 보다. 이제 내가 갈 곳이 어딘지 몰라 허우적거리는 것이다. 하기는 나는 세기의 초점인 듯 초췌하다. 얼핏 생각하기에는 내 바닥을 반듯이 받들어 주는 것도 없고 그렇다고 내 머리를 압박이 내려누르는 아무것도 없는 듯하다마는 내막은 그렇지도 않다. 나는 도무지 자유스럽지 못하다. 다만 나는 없는 듯 있는 하루살이처럼 허공에 부유하는 한 점에 지나지 않는다. 이것이 하루살이처럼 경쾌하다면 마침 다행할 것인데 그렇지를 못하구나!

이 점의 대칭 위치에 또 다른 밝음(明)의 초점이 도사리고 있는 듯 생각된다. 덥석 움키었으면 잡힐 듯도 하다마는 그것을 휘잡기에는 나 자신이 둔질(鈍質)이라는 것보다 오히려 내 마음에 아무런 준비도 배포치 못한 것이 아니냐. 그러고 보니 행복이라는 별스런 손님을 불러들이기에도 또 다른 한 가닥 구실을 치르지 않으면 안 될까보다.

이 밤이 나에게 있어 어린 적처럼 한낱 공포의 장막인 것은 벌써 흘러간 전설이오. 따라서 이 밤이 향락의 도가니라는 이야기도 나의 염원에선 아직 소화시키지 못할 돌덩이다. 오로지 밤은 나의 도전의 호적(好敵)이면 그만이다.

이것이 생생한 관념 세계에만 머무른다면 애석한 일이다. 어둠 속에 깜박깜박 졸며 다닥다닥 나란히 한 초가들이 아름다운 시의 화사(華詞)가 될 수 있다는 것은 벌써 지나간 제네레이션의 이야기요, 오늘에 있어서는 다만 말 못하는 비극의 배경이다.

이제 닭이 홰를 치면서 맵짠 울음을 뽑아 밤을 쫓고 어둠을 짓내몰아 동켠으로 훠언히 새벽이란 새로운 손님을 불러온다 하자. 하나 경망스럽게 그리 반가워할 것은 없다. 보아라, 가령 새벽이 왔다고 하더라도 이 마을은 그대로 암담하고 나도 그대로 암담하고 하여서 너나 나나 이 가랑지길에서 주저주저 아니치 못할 존재들이 아니냐.

나무가 있다.

그는 나의 오랜 이웃이요 벗이다. 그렇다고 그와 내가 성

격이나 환경이나 생활이 공통한 데 있어서가 아니다. 말하자면 극단과 극단 사이에도 애정이 관통할 수 있다는 기적적인 교분(交分)의 표본에 지나지 못할 것이다.

나는 처음 그를 퍽 불행한 존재로 가소롭게 여겼다. 그의 앞에 설 때 슬퍼지고 측은한 마음이 앞을 가리곤 하였다. 나는 돌이켜 생각하건대 나무처럼 행복한 생물은 다시 없을 듯하다. 굳음에는 이루 비길 데 없는 바위에도 그리 탐탁치는 못할망정 자양분이 있다 하거늘 어디로 간들 생의 뿌리를 박지 못하며 어디로 간들 생활의 불평이 있을쏘냐. 칙칙하면 솔솔바람이 불어오고, 심심하면 새가 와서 노래를 부르다가 가고, 출출하면 한 줄기 비가 오고, 밤이면 수많은 별들과 오순도순 이야기할 수 있고— 보다 나무는 행동의 방향이란 거추장스러운 과제에 봉착하지 않고 인위적으로든 우연으로서든 탄생시켜준 자리를 지켜 무궁무진한 영양소를 흡취(吸取)하고 영롱한 햇빛을 받아들여 손쉽게 생활을 영위하고 오로지 하늘만 바라고 뻗어질 수 있는 것이 무엇보다 행복스럽지 않으냐.

이 밤도 과제를 풀지 못하여 안타까운 나의 마음에 나무의 마음이 점점 옮아오는 듯하고, 행동할 수 있는 자랑을 자랑

치 못함에 뼈저리듯 하나 나의 젊은 선배의 웅변에 왈 선배
도 믿지 못할 것이라니 그러면 영리한 나무에게 나의 방향을
물어야 할 것인가.

　어디로 가야 하느냐, 동이 어디냐, 서가 어디냐, 남이 어디
냐, 아차! 저 별이 번쩍 흐른다. 별똥 떨어진 데가 내가 갈 곳
인가 보다. 하면 별똥아! 꼭 떨어져야 할 곳에 떨어져야 한다.

투르게네프의 언덕

나는 고개길을 넘고 있었다.······그때 세 소년 거지가 나를 지나쳤다.

첫째 아이는 잔등에 바구니를 둘러메고, 바구니 속에는 사이다병, 간스매통, 쇳조각, 헌 양말짝 등 폐물이 가득하였다.

둘째 아이도 그러하였다.

셋째 아이도 그러하였다.

덥수룩한 머리털, 시커먼 얼굴에 눈물 고인 충혈된 눈, 색 잃어 푸르스름한 입술, 너덜너덜한 남루, 찢겨진 맨발,

아아 얼마나 무서운 가난이 이 어린 소년들을 삼키었느냐!

나는 측은한 마음이 움직였다.

나는 호주머니를 뒤지었다. 두툼한 지갑, 시계, 손수건······ 있을 것은 죄다 있었다.

그러나 무턱대고 그것들을 내줄 용기는 없었다. 손으로 만지작 만지작거릴 뿐이었다.

다정스레 이야기나 하리라고 "얘들아" 불러보았다.

첫째 아이가 충혈된 눈으로 흘끔 돌아다볼 뿐이었다.

둘째 아이도 그러할 뿐이었다.

셋째 아이도 그러할 뿐이었다.

그리고는 너는 상관없다는 듯이 자기네끼리 소근소근 이야기하면서 고개를 넘어갔다.

언덕 위에는 아무도 없었다.

짙어가는 황혼이 밀려들 뿐

화원에 꽃이 핀다

    개나리, 진달래, 앉은뱅이, 라일락, 민들레, 찔레, 복사, 들장미, 해당화, 모란, 릴리, 창포, 튜울립. 카네이션, 봉선화, 백일홍, 채송화, 다알리아, 해바라기, 코스모스─코스모스가 홀홀이 떨어지는 날 우주의 마지막은 아닙니다. 여기에 푸른 하늘이 높아지고 빨간 노란 단풍이 꽃에 못지않게 가지마다 물들었다가 귀뚜라미 울음이 끊어짐과 함께 단풍의 세계가 무너지고 그 위에 하룻밤 사이에 소복이 흰눈이 내려 쌓이고 화로에는 빨간 숯불이 피어오르고 많은 이야기와 많은 일이 화롯가에서 이루어집니다.

    독자제현! 여러분은 이 글이 쓰이는 때를 독특한 계절로 짐작해서는 아니됩니다. 아니, 봄, 여름, 가을, 겨울, 어느 철로나 상정(想定)하셔도 무방합나다. 사실 1년 내내 봄일 수는 없습니다. 하나 이 화원에는 사철 내 봄이 청춘들과 함께 싱싱하게 등대하여 있다고 하면 과분한 자기선전(自己宣傳)일까요. 하나의 꽃밭이 이루어지도록 손쉽게 되는 것이 아니라 고생과 노력이 있어야 하는 것입니다. 딴은 얼마의 단어를 모아 이 졸문(拙文)을 지적거리는데도 내 머리는 그렇게 명석한 것은 못 됩니다. 한 해 동안을 내 두뇌로서가 아니라 몸으로서 일일이 헤아려 세포 사이마다 간직해 두어서야 몇

★ 하늘과 바람과 별과 시

줄의 글이 이루어집니다. 그리하여 나에게 있어 글을 쓴다는 것이 그리 즐거운 일일 수는 없습니다. 봄바람의 고민에 찌들고 녹음(綠陰)의 권태에 시들고, 가을 하늘 감상에 울고 노변(爐邊)의 사색에 졸다가 이 몇 줄의 글과 나의 화원과 함께 나의 1년은 이루어집니다.

시간을 먹는다는(이 말의 의의와 이 말의 묘미는 칠판 앞에 서 보신 분과 칠판 밑에 앉아 보신 분은 누구나 아실 것입니다) 것은 확실히 즐거운 일임이 틀림없습니다. 하루를 휴강한다는 것보다(하긴 슬그머니 까먹어 버리면 그만이지만) 다못한, 숙제를 못 해왔다든가, 따분하고 졸리고 한때, 한 시간의 휴강은 진실로 살로 가는 것이어서, 만일 교수가 불편하여서 못 나오셨다고 하더라도 미처 우리들의 예의를 갖출 시간이 없는 것입니다. 그러나 이것을 우리들의 망발과 시간의 낭비라고 속단하셔선 아니됩니다. 여기에 화원이 있습니다. 한 포기 푸른 풀과 한 떨기의 붉은 꽃과 함께 웃음이 있습니다. 노트장을 적시는 것보다 오우충동(汗牛充棟)에 묻혀 글줄과 씨름하는 것보다 더 정확한 진리를 탐구할 수 있을는지, 보다 더 효과적인 성과가 있을지를 누가 부인하겠습니까.

나는 이 귀한 시간을 슬그머니 동무들을 떠나서 단 혼자

화원을 거닐 수 있습니다. 단 혼자 꽃들과 풀들과 이야기할 수 있다는 것이 얼마나 다행한 일이겠습니까. 참말 나는 온 정으로 이들을 대할 수 있고 그들은 나를 웃음으로 맞아 줍니다. 그 웃음을 눈물로 대한다는 것은 나의 감상일까요. 고독, 정적도 확실히 아름다운 것임에 틀림이 없으나, 여기에 또 서로 마음을 주는 동무가 있는 것도 다행한 일이 아닐 수 없습니다. 우리 화원 속에 모인 동무들 중에, 집에 학비를 청구하는 편지를 쓰는 날 저녁이면 생각하고 생각하던 끝 겨우 몇 줄 써 보낸다는 A군, 기뻐해야 할 서류(통칭 월급봉투)를 받아든 손이 떨린다는 B군, 사랑을 위하여서는 밥맛을 잃고 잠을 잊어버린다는 C군, 사상적(思想的) 당착(撞着)에 자살을 가약한다는 D군…… 나는 이 여러 동무들의 갸륵한 심정을 내 것인 것처럼 이해할 수 있습니다. 서로 너그러운 마음으로 대할 수 있습니다.

나는 세계관, 인생관, 이런 좀 더 큰 문제보다 바람과 구름과 햇빛과 나무와 우정, 이런 것들에 더 많이 괴로워해왔는지 모르겠습니다. 단지 이 말이 나의 역설이나, 나 자신을 흘리는 데 지날 뿐일까요. 일반은 현대 학생 도덕이 부패했다고 말합니다. 스승을 섬길 줄을 모른다고들 합니다. 옳은 말

씀들입니다. 부끄러울 따름입니다. 하나 이 결함을 괴로워하는 우리들 어깨에 지워 광야로 내쫓아버려야 하나요, 우리들의 아픈 데를 알아주는 스승, 우리들의 생채기를 어루만져주는 따뜻한 세계가 있다면 박탈된 도덕일지언정 기울여 스승을 진심으로 존경하겠습니다. 온정의 거리에서 원수를 만나면 손목을 붙잡고 목놓아 울겠습니다.

세상은 해를 거듭 포성(砲聲)에 떠들썩하건만 극히 조용한 가운데 우리들 동산에서 서로 융합할 수 있고 이해할 수 있고 종전의가 있는 것은 시세(時勢)의 역효과일까요.

봄이 가고 여름이 가고, 가을 코스모스가 홀홀이 떨어지는 날 우주의 마지막은 아닙니다. 단풍의 세계가 있고ㅡ이상이 견빙지(履霜而堅氷至)ㅡ 서리를 밟거든 얼음이 굳어질 것을 각오하라가 아니라, 우리는 서릿발에 끼친 낙엽을 밟으면서 멀리 봄이 올 것을 믿습니다.

노변(爐邊)에서 많은 일이 이뤄질 것입니다.

달을 쏘다

번거롭던 사위(四圍)가 잠잠해지고 시계 소리가 또렷하다 보니 밤은 적이 깊을 대로 깊은 모양이다. 보던 책자를 책상머리에 밀어넣고 잠자리를 수습한 다음 잠옷을 걸치는 것이다. '딱' 스위치 소리와 함께 전등을 끄고 창(窓)녘의 침대에 드러누우니 이때까지 밝은 휘양찬 달밤이었던 것을 감각치 못하였었다. 이것도 밝은 전등의 혜택이었을까.

나의 누추한 방이 달빛에 잠겨 아름다운 그림이 된다는 것보다도 오히려 슬픈 선창(船艙)이 되는 것이다. 창살이 이마로부터 콧마루, 입술, 이렇게 하얀 가슴에 여민 손등에까지 어른거려 나의 마음을 간지르는 것이다. 옆에 누운 분의 숨소리에 방은 무시무시해진다. 아이처럼 황황해지는 가슴에 눈을 치떠서 밖을 내다보니 가을 하늘은 역시 맑고 우거진 송림은 한 폭의 묵화다. 달빛은 솔가지에 쏟아져 바람인 양 솨-소리가 날 듯하다. 들리는 것은 시계 소리와 숨소리와 귀뚜라미 울음뿐 벅쩍 대던 기숙사도 절간보다 더한 층 고요한 것이 아니냐?

나는 깊은 사념에 잠기기 한창이다. 딴은 사랑스런 아가씨를 사유(私有)할 수 있는 아름다운 상화(想華)도 좋고, 어릴 적 미련을 두고 온 고향에의 향수도 좋거니와 그보다 손쉽게 표현 못할 그 무엇이 있다.

바다를 건너온 H군의 편지 사연을 곰곰 생각할수록 사람과 사람 사이의 감정이란 미묘한 것이다. 감상적인 그에게도 필연코 가을은 왔나 보다.

편지는 너무나 지나치지 않았던가. 그 중 한 토막.

"군(君)아, 나는 지금 울며울며 이 글을 쓴다. 이 밤도 달이 뜨고, 바람이 불고, 인간인 까닭에 가을이란 흙냄새도 안다, 정(情)의 눈물, 따뜻한 예술학도였던 정의 눈물도 이 밤이 마지막이다"

또 마지막 켠으로 이런 구절이 있다.

"당신은 나를 영원히 쫓아버리는 것이 정직할 것이오."

나는 이 글의 뉘앙스를 해독할 수 있다. 그러나 사실 나는 그에게 아픈 소리 한 마디 한 일이 없고 서러운 글 한 쪽 보낸 일이 없지 아니한가. 생각컨대 이 죄는 다만 가을에게 지워보낼 수 밖에 없다.

홍안서생(紅顔書生)으로 이런 단안(斷案)을 내리는 것은 외람한 일이나 동무란 한낱 괴로운 존재요, 우정이란 진정코 위태로운 잔에 떠놓은 물이다. 이 말을 반대할 자 누구랴. 그러나 지기 하나 얻기 힘든다. 하거늘 알뜰한 동무 하나 잃어버린다는 것이 살을 베어내는 아픔이다.

나는 나를 정원에서 발견하고 창을 넘어 나왔다든가 방문을 열고 나왔다든가 왜 나왔느냐 하는 어리석은 생각에 두뇌를 괴롭게 할 필요는 없는 것이다. 다만 귀뚜라미 울음에도 수줍어지는 코스모스 앞에 그윽히 서서 닥터빌링스의 동상 그림자처럼 슬퍼지면 그만이다. 나는 이 마음을 아무에게나 전가시킬 심보는 없다. 옷깃은 만감이어서 달빛에도 싸늘히 추워지고 가을 이슬이란 선득 선득하여서 서러운 사나이의 눈물인 것이다. 발걸음은 몸뚱이를 옮겨 못가에 세워줄 때 못 속에도 역시 가을이 있고 삼경(三更)이 있고, 나무가 있고 달이 있다.

그 찰나 가을이 원망스럽고 달이 미워진다. 더듬어 돌을 찾아 달을 향하여 죽어라고 팔매질을 하였다. 통쾌! 달은 산산이 부서지고 말았다. 그러나 놀랐던 물결이 젖어들 때 오래잖아 달은 도로 살아난 것이 아니냐. 문득 하늘을 쳐다보니 알마운 달은 머리 위에서 빈정대는 것을……

나는 꼿꼿한 나무가지를 골라 띠를 째서 줄을 메워 훌륭한 활을 만들었다. 그리고 좀 탄탄한 갈대로, 화살을 삼아 무사의 마음을 먹고 활을 쏘다.

종시 (終始)

종점이 시점이 된다. 다시 시점이 종점이 된다.

아침 저녁으로 이 자국을 밟게 되는데 이 자국을 밟게 된 연유가 있다. 일찍이 서산대사가 살았을 듯한 우거진 송림 속, 게다가 덩그러니 살림집은 외따로 한 채 뿐이었으나 식구로는 굉장한 것이어서 한 지붕 밑에서 팔도 사투리를 죄다 들을 만큼 모아놓은 미끈한 장정들만이 욱실욱실하였다. 이곳에 법령은 없었으나 여인 금납구(禁納區)였다. 만일 강심장의 여인이 있어 불의의 침입이 있다면 우리들의 호기심을 적이 자아내었고 방마다 새로운 화제(話題)가 생기곤 하였다. 이렇듯 수도생활에 나는 소라 속처럼 안도하였던 것이다.

사건이란 언제나 큰 데서 동기가 되는 것보다 오히려 작은 데서 더 많이 발작하는 것이다.

눈 온 날이었다. 동숙(同宿)하는 친구의 친구가 한 시간 남짓한 문(門)안 들어가는 차 시간까지를 낭비하기 위하여 나의 친구를 찾아들어와서 하는 대화였다

"자네 여보게 이 집 귀신이 되려나?"

"조용한 게 공부하기 작히나 좋지 않은가."

"그래 책장이나 뒤적뒤적하면 공분 줄 아나, 전차간에서 내다볼 수 있는 광경, 정거장에서 맛볼 수 있는 모든 일생활

아닌 것이 없거든, 생활 때문에 싸우는 이 분위기에 잠겨서, 보고, 생각하고, 분석하고, 이거야말로 진정한 의미의 교육이 아니겠는가 여보게! 자네 책장만 뒤지고 인생이 어떠하니 사회가 어떠하니 하는 것은 16세기에서나 찾아볼 일일세. 단연 문안으로 나오도록 마음을 돌리게."

나한테 하는 권고는 아니었으나 이 말에 귀틈이 뚫려 상푸둥* 그러리라고 생각하였다. 비단 여기만이 아니라 인간을 떠나서 도를 닦는 것이 한낱 오락이요, 오락이매 생활이 될 수 없고 생활이 될 수 없으매 이 또한 죽은 공부가 아니라. 공부도 생활화하여야 되리라 생각하고 불일내에 문안으로 들어가기를 내심으로 단정해 버렸다. 그 뒤 매일같이 이 자국을 밟게 된 것이다.

나만 일찍이 아침거리의 새로운 감촉을 맛볼 줄만 알았더니 벌써 많은 사람들의 발자국에 포도(鋪道)는 어수선할대로 어수선했고 정류장에 머물 때마다 이 많은 무리를 죄다 꾸역꾸역 자꾸 박아 싣는데 늙은이 젊은이 아이 할 것 없이 손에 꾸러미를 안 든 사람은 없다. 이것이 그들 생활의 꾸러

* 상푸둥: 과연, 모르면 몰라도

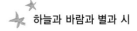
하늘과 바람과 별과 시

미요, 동시에 권태의 꾸러민지도 모르겠다.

이 꾸러미를 든 사람들의 얼굴을 하나하나씩 뜯어보기로 한다. 늙은이 얼굴이란 너무 오래 세파에 찌들어서 문제도 안 되겠거니와 그 젊은이들 낯짝이란 도무지 말씀이 아니다. 열이면 열이 다 우수(憂愁) 그것이요, 백이면 백이 다 비참 그것이다. 이들에게 웃음이란 가뭄에 콩싹이다. 필경 귀여우리라는 아이들의 얼굴을 보는 수밖에 없는데 아이들의 얼굴이란 너무나 창백하다. 혹시 숙제를 못해서 선생한테 꾸지람을 들을 것이 걱정인지 풀이 죽어 쭈그러뜨린 것이 활기란 도무지 찾아볼 수 없다. 내 상도 필연코 그 꼴일 텐데 내 눈으로 그 꼴을 보지 못하는 것이 다행이다. 만일 다른 사람의 얼굴을 보듯 그렇게 자주 내 얼굴을 대한다고 할 것 같으면 벌써 요사(夭死)하였을지도 모른다.

나는 내 눈을 의심하기로 하고 단념하자.

차라리 성벽 위에 펼친 하늘을 쳐다보는 편이 더 통쾌하다. 눈은 하늘과 성벽 경계선을 따 자꾸 달리는 것인데 이 성벽이란 현대로서 캄플러치*한 옛 금성(禁城)이다. 이 안에서 어떤 일이 이루어졌으며 어떤 일이 행하여지고 있는지 성 밖

* 캄플러치: 위장을 뜻하는 "camouflage"의 옛날식 발음

에서 살아왔고 살고 있는 우리들에게는 알 바가 없다. 이제 다만 한 가닥 희망은 이 성벽이 끊어지는 것이다.

기대는 언제나 크게 가질 것이 못되어서 성벽이 끊어지는 곳에 는 총독부, 도청, 무슨 참고관, 체신국(遞信局), 신문사, 소방조(消防組), 무슨 주식화사, 부청(府廳), 양복점, 고물상 등 나란히 하고 연달아 오다가 아이스케이크 간판에 눈이 잠깐 머무는데 이놈을 눈 내린 겨울에 빈 집을 지키는 꼴이라든가 제 신분에 맞지 않는 가게를 지키는 꼴을 살짝 필름에 올려 본달 것 같으면 한 폭의 고등(高等) 풍자만화가 될 텐데 하고 나는 눈을 감고 생각하기로 한다. 사실 요즈음 아이스케이크 간판 신세를 면치 아니치 못할 자 얼마나 되랴. 아이스케이크 간판은 정열에 불타는 담서(炎署)가 진정코 아쉽다.

눈을 감고 한참 생각하노라면 한 가지 거리끼는 것이 있는 데 이것은 도덕률이란 거추장스러운 의무감이다. 젊은 녀석 이 눈을 딱 감고 버티고 앉아 있다고 손가락질 하는 것 같아 번쩍 눈을 떠 본다. 하나 가까이 자선(慈善)할 대상이 없음에 자리를 잃지 않겠다는 심정보다 오히려 아니꼽게 본 사람이 없으리란 데 안심이 된다.

이것은 과단성(果斷性) 있는 동무의 주장이지만 전차에서 만난 사람은 원수요, 기차에서 만난 사람은 지기(知己)라는 것이다. 딴은 그러리리고 얼마큼 수긍하였다. 한자리에서 몸을 비비적거리면서도 "오늘은 좋은 날씨올시다" "어디서 내리시나요" 쯤의 인사는 주고받을 법한데 일언반구 없이 뚱ー한 꼴들이 작히나 큰 원수를 맺고 지내는 사람들 같다. 만일 상냥한 사람이 있어 요만큼의 예의를 밟는다고 할 것 같으면 전차 속의 사람들은 이를 정신이상자로 대접할게다. 그러나 기차에서는 그렇지 않다. 명함을 서로 바꾸고 고향 이야기, 행방(行方)이야기를 거리낌없이 주고받고 심지어 남의 여로(旅路)를 자기의 여로인 것처럼 걱정하고, 이 얼마나 다정한 인생행로냐?

이러는 사이에 남대문을 지나쳤다. 누가 있어 "자네 매일같이 남대문을 두 번씩 지날 터인데 그래 늘 보곤 하는가?"라는 어리석은 듯한 멘탈 테스트를 낸다면 나는 아연해지지 않을 수 없다. 가만히 기억을 더듬어 본달 것 같으면 늘이 아니라 이 자국을 밟은 이래 그 모습을 한 번이라도 쳐다본 적이 있었던 것 같지 않다. 하기는 나의 생활에 긴한 일이 아니매 당연한 일일게다. 하나 여기에 하나의 교훈이 있다. 횟수가 너무 잦으면 모든 것이 피상적이 되어버리느니라.

이것과는 관련이 먼 이야기 같으나 무료한 시간을 까기 위하여 한마디 하면서 가자.

　　시골서는 내로라하는 양반이었던 모양인데 처음 서울 구경을 하고 돌아가서 며칠 동안 배운 서울 말씨를 섣불리 써가며 서울 거리를 손으로 형용하고 말로써 떠벌려 놓더라는데, 정거장에 턱 내리니 앞에 고색이 창연한 남대문이 반기는 듯 가로막혀 있고, 총독부 집이 크고 창경원에 백 가지 금수(禽獸)가 봄직하고, 덕수궁의 옛 궁전이 회포를 자아냈고 화신* 승강기는 머리가 휭─했고 본정(本町)엔 전등이 낮처럼 밝은데 사람이 물밀듯 밀리고, 전차란 놈이 윙윙 소리를 지르며 연달아 달리고─서울이 자기 하나를 위하여 이루어진 것처럼 우쭐했는데 이것쯤은 있을 법한 일이다. 한데 게도 방정꾸러기가 있어

　　"남대문이란 현판이 참 명필이지요?"
　　하고 물으니 대답이 걸작이다.
　　"암 명필이고 말고 남자, 대자, 문자, 하나하나가 살아서 막 꿈틀거리는 것 같네."

＊ 화신: 1930년도에 종로구 인사동에 위치했던 백화점

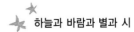
하늘과 바람과 별과 시

어느 모로나 서울 자랑하려는 이 양반으로서는 가당(可當)한 대답일 게다. 이분에게 아현동 고개 막바지에, ―아니 치벽한 데 말고,―가까이 종로 뒷골목에 무엇이 있던가를 물었다면 얼마나 당황했으랴.

나는 종점을 시점으로 바꾼다.

내가 내리는 곳이 나의 종점이오. 내가 타는 곳이 나의 시점이 되는 까닭이다. 이 짧은 순간 많은 사람들 속에 나를 묻는 것인데 나는 이네들에게 너무나 피상적이 된다. 나의 휴머니티를 이네들에게 발휘해낸다는 재주가 없다. 이네들의 기쁨과 슬픔과 아픈 데를 나로서는 측량할 수가 없는 까닭이다. 너무 막연하다. 사람이란 횟수가 잦은 데와 양이 많은 데는 너무나 쉽게 피상적이 되나보다. 그럴수록 자기 하나 간수하기에 분주하나 보다.

시그널을 밟고 기차는 왱― 떠난다. 고향으로 향한 차도 아니건만 공연히 가슴은 설렌다. 우리 기차는 느릿느릿 가다 숨차면 가정거장(假停車場)에서도 선다. 매일같이 웬 여자들인지 주렁주렁 서 있다. 저마다 꾸러미를 안았는데 예의 그 꾸러민 듯싶다. 다들 방년(芳年)된 아가씨들인데 몸매로 보아하니 공장으로 가는 직공들은 아닌 모양이다. 하나 경망스럽게 유리창을 통하여 미인 판단을 내려서는 안 된다. 피상적 법칙이 여기에도 적용될지 모른다. 투명한 듯하여 믿지 못할 것이 유리다. 얼굴을 짜개 논 듯이 한다든가 이마를 좁다랗게 한다든가 코를 말코로 만든다든가 턱을 조개턱으로 만든다든가 하는 악희(惡戲)를 유리창이 때때로 감행하는 까닭이다. 판단을 내리는 자에게는 별반 이해관계가 없다손 치더라도 판단을 받는 당자(當者)에게 오려던 행운이 도망갈는지를 누가 보장할소냐. 하여간 아무리 투명한 꺼풀일지라도 깨끗이 벗겨버리는 것이 마땅할 것이다.

이윽고 터널이 입을 벌리고 기다리는데 거리 한가운데 지하철도 아닌 터널이 있다는 것이 얼마나 슬픈 일이냐. 이 터널이란 인류 역사의 암흑시대요. 인생행로의 고민상(苦悶相)이다. 공연히 바퀴 소리만 요란하다, 구역질날 악질의 연기가 스며든다. 하나 미구(未久)에 우리에게 광명의 천지가 있다.

터널을 벗어났을 때 요즈음 복선공사(複線工事)에 분주한 노동자들을 볼 수 있다. 아침 첫차에 나갔을 때에도 일하고 저녁 늦차에 들어올 때에도 그들은 일하는데 언제 시작하여 언제 끝나는지 나로서는 헤아릴 수 없다. 이네들이야말로 건설의 사도들이다. 땀과 피를 아끼지 않는다.

그 육중한 도락구*를 밀면서도 마음만은 요원(遙遠)한 데 있어 도락구 판장에다 서투른 글씨로 신경행(新京行)이니 북경행(北京行)이니 남경행(南京行)이니라고 써서 타고 다니는 것이 아니라 밀고 다닌다. 그네들의 마음을 엿볼 수 있다. 그것이 고력(苦力)에 위안이 안 된다고 누가 주장하랴.

이제 나는 곧 종시를 바꿔야 한다. 하나 내 차에도 선경행, 북경행, 남경행을 달고 싶다. 세계일주행이라고 달고 싶다. 아니 그보다도 진정한 내 고향이 있다면 고향행으로 달겠다. 도착해야 할 시대의 정거장이 있다면 더 좋다.

* 도락구: 일본어 '트럭'의 옛말

별을 노래하다 별이 된 시인

윤동주 평설(評說)

– 이주리 –

윤동주 시인은 한국인들이 가장 사랑하는 시인 중 한 사람이다. 유관순 열사가 우리 마음속 영원한 누나로 기억되는 것처럼, 윤동주 시인은 영원히 순수한 청년으로 남아 있다.

우리가 가진 그의 옛 사진 속에서 그는 학사모를 쓴 채 웃고 있거나, 친구들과 어울려 수줍게 미소를 짓고 있다.

일제 강점기의 어두운 억압 속에서도 윤동주 시인은 문학을 통해 삶의 방향을 찾고자 했다. 자유를 향한 그의 열망과 독립운동에 참여한 이유로 그는 감옥에 갇혔다. 안타깝게도 1945년 2월 16일, 그는 일본 후쿠오카의 감옥에서 27세의 젊은 나이로 세상을 떠났다. 해방을 불과 6개월 앞둔 시점이었다.

그의 삶 자체도 감동적이지만, 우리가 진정으로 기억해야 할 것은 그가 남긴 '시'다. 이육사(본명: 이원록)와 함께 쓴 그의 시는 오늘날까지 우리에게 깊은 울림을 준다. 우리는 윤동주 시인의 꾸밈없고, 진실한 목소리를 기억해야 한다. 우리 마음속에서 윤동주 시인은 '영원히 빛나는 별'로 살아 있을 것이다.

교토 우지강에서 열린 윤동주 송별회 사진. 현존하는 윤동주 최후의 사진으로 알려져 있다. 앞줄 왼쪽에서 두 번째가 윤동주. (월간 현대문학 제공) 2006년 8월 29일 대구매일

　윤동주(1917년 12월 30일 - 1945년 2월 16일)는 일제강점기, 한국이 일본의 식민지였을 때 활동한 시인이자 작가입니다. 당시 일본은 그를 '독립운동가'라고 규정했으나, 그의 진정한 유산은 '그의 시'에 있습니다. 윤동주의 고향은 파평(坡平)이며, 널리 알려지지 않은 그의 별명은 '해환(海煥)'입니다. '바다의 빛'을 의미할 수도 있고, '바다 위에 떠 있는 별'일 수도 있습니다.

　그는 북간도의 명동촌에서 태어났지만, 그의 호적상 주소는 함경북도 청진시 포항동 76번지였습니다. 명동촌은 그가 태어났을 당시 매우 황폐한 지역이었으나, 함경도 출신의 김약연 선생을 포함한 140여 명의 가족, 그리고 윤동주의 할아버지인 윤하현과 다른 이들이 함께 동간도로 이주하여 '동방을 밝히는 곳(明東村)'이라는 뜻의 명동촌을 세웠습니다. 이곳은 동간도에서 가장 큰 한인 마을 '한인촌(韓人村)'으로 자리잡았습니다.

윤동주는 명동학교(明洞學校), 평양 숭실중학교(崇實中學校), 서울 연희 전문학교를 졸업했습니다. 그는 연희전문학교 2학년 때 소년(少年) 지에 시를 발표하며 공식적으로 문단에 등단했습니다.

19세기 말, 함경도와 평안도 지역에 가뭄이 심해지면서 많은 조선인들이 간도로 이주해 새로운 정착지를 찾았습니다. 그러나 일부 경우, 미국의 청교도들처럼 종교적인 이유로 새로운 마을을 건설하기도 했습니다. 김약연 선생은 유교를 신봉하며 1901년에 유교 이상촌을 만들겠다는 목표로 규암재라는 서당을 세웠습니다. 그러나 이상설 선생 등은 인근 대불동에 세워진 서전 의숙을 통해 신교육의 필요성을 깨닫고, 명동학교를 설립했습니다.

김약연 선생은 서울 청년 학관 출신의 정재면을 교사로 초빙했습니다. 정재면은 성경을 가르치고 예배를 드릴 것을 조건으로 내걸었으며, 김약연 선생은 며칠 동안 고민한 끝에 이를 수락했습니다. 그는 종교를 바꾸고 신학을 공부한 후 장로교 목사가 되었으며, 마을은 교회를 세우고 학교에서 종교 교육을 제공하는 기독교 공동체로 변모했습니다. 동시에 이동휘를 비롯한 민족주의자들을 초청해 부흥 사경회를 열어 신앙과 민족 정신을 고취하기 위해 노력했습니다.

김약연 선생은 독립운동을 위한 교육에만 그치지 않고, 직접 독립운동에도 참여했습니다. 그는 길림 무오 독립선언서에 서명한 39인 중 한 명으로, 간도 동부에서 3.13 만세운동을 주도했으며 '간도 독립선언서' 작성에도 참여했습니다. 그러나 1920년 10월 20일, 일본 제국주의의 간도 토벌대가 이 지역을 파괴하면서 명동학교는 1925년에 문을 닫게 되었습니다.

윤동주의 할아버지인 윤하현 장로는 명동촌으로 이주했는데, 장로교 장로이자 부유한 농부였습니다. 그의 아버지 윤영석은 1910년에 명동학교 설립자 김약연의 여동생 김용과 결혼했으며, 명동학교에서 교사로 일했습니다.

윤동주는 기독교 신자인 할아버지에게 큰 영향을 받았습니다. 그의 고모 윤신영은 송창희와 결혼했으며, 그들의 아들이 독립 운동가이자 고종 사촌 형이였던 송몽규입니다. 당숙의 이름은 윤영춘(尹永春)이며, 훗날 가수가 되는 윤형주(尹亨柱)는 그의 6촌입니다.

윤동주의 어린 시절

윤동주는 명동 소학교(明東小學校)에 입학하여 재학 중 송몽규(고종사촌)와 함께 문예지 《새명동》을 발간했습니다.

6년 후, 1931년 14세의 나이로 명동소학교를 졸업한 그는 화룡 현립 제일 소학교로 편입하여 1년 동안 공부한 뒤, 가족이 용정으로 이사하면서 은진중학교(恩眞中學校)에 입학했습니다.

그러나 1935년 평양의 숭실중학교로 전학하였고, 그곳에는 그의 초등학교 동창인 문익환도 재학 중이었습니다. 그해 10월, 윤동주는 숭실중학교 학생회에서 발간한 교내 잡지 《숭실 활천》(崇實活泉) 15호에 시 〈공상〉(空想)을 발표했습니다.

그러나 1935년 12월, 숭실학교 학생들이 '등불 참배'를 거부하는 사건이 발생했고, 이듬해인 1936년 1월 18일, 교장이었던 조지 S. 맥퀸(한국 이름 윤산온) 역시 신사 참배를 거부했습니다. 그는 1월 20일 교장직에서 해임되었으며, 거의 미국으로 강제 추방될 뻔했습니다.

이후 숭실중학교는 무기한 휴교로 폐교되었고, 윤동주와 문익환은 용정의 광명중학교로 전학했습니다. 그곳에서 윤동주는 훗날 국무총리를 지낸 정일권을 만나게 되었습니다.

연희전문학교 시절

1937년, 광명중학교 마지막 학년에 재학 중이던 윤동주는 진학 문제로 아버지와 갈등을 겪었습니다. 아버지는 의

학 학교로의 진학을 원했으나, 결국 할아버지의 중재로 연전 문과 진학을 결정했습니다.

1938년 2월 17일 광명중학교를 졸업한 후 윤동주는 경성(京城)으로 유학, 그해 4월 연희전문학교에 입학했습니다.

윤동주는 기숙사나 하숙집에서 생활하며 인근을 산책하거나 시를 떠올리고, 시를 짓고, 친구들과 대화하는 시간을 가졌습니다. 그의 명동촌 시절 친구였던 문익환에 따르면, 윤동주는 신학을 공부한 자신보다도 실존주의 학문에 해박했다고 합니다.

그는 문학을 공부하는 학생으로서 다양한 인문학을 탐구했습니다.

윤동주는 연희전문학교 시절 매우 열심히 공부했습니다. 《한겨레 어린이》에서 출판한 윤동주 시인의 전기에 따르면, 고(故) 언어학자 최현배 선생에게서 국어 과목에서 만점을 받기도 했습니다. 또한 《문학동네》에서 출판한 김응교의 《처럼》에 따르면, 그는 프랑스어, 중국어, 한국어(당시 조선어) 등 여러 나라의 언어를 공부했다고 합니다.

1939년, 연희전문학교 2학년이던 윤동주는 《조선일보》 학생란에 산문과 시를 발표했고, 그 해 《소년(少年)》 지에 시를 발표하며 처음으로 원고료를 받았습니다.

또한, 연희전문학교에 재학 중일 때 《달을 쏘다》와 같은 수필과 〈슬픈 족속〉과 같은 시를 발표하며 학교생활을 바탕으로 한 많은 수필과 시를 썼습니다.

1940년, 일본 경찰의 학생들에 대한 감시가 심해지면서 윤동주는 연희전문학교 기숙사를 나와 후배 정병욱과 함께 누상동, 북아현동 등의 하숙집에서 생활하며 시에 몰두했습니다.

당시 윤동주는 백석 시인의 시집《사슴》을 매우 갖고 싶어 했지만, 한정판이었기 때문에 구할 수 없었다고 합니다. 어쩔 수 없이 시집을 빌려서 노트에 필사해 시집을 가슴에 품고 다녔다고 전해집니다.

1941년 12월 27일, 연희전문학교 문과를 졸업할 무렵 윤동주는 그동안 틈틈이 써 온 19편의 시를 선정해 시집《하늘과 바람과 별과 시》를 출판하려고 했습니다. 그러나 일본의 탄압을 우려한 주변 사람들, 특히 영문학자 윤양하 교수의 만류로 뜻을 이루지 못하고, 원고를 정병욱에게 맡긴 채 일본 유학을 준비 했습니다.

정병욱이 학병으로 강제 징집되자 원고를 어머니에게 맡기고 길을 떠나야 했는데, 당시 정병욱의 어머니는 일본의 조선어 말살 정책을 피하기 위해 우리말로 된 시집을 항아리에 숨겨 보관했다고 합니다.

현재 정병욱의 생가와 윤동주의 시 원고는 보존되어 있으며, 원고의 영인본은 시민들이 읽을 수 있도록 전시되어 있습니다. 인천 근현대문학관 에는 김소월 시인의《진달래

꽃》과 만해 한용운 시인의 《님의 침묵》 등 시집도 영인본으로 전시되어 있어 시민들이 열람할 수 있습니다.

일본 유학 시절

1942년 3월, 윤동주는 일본으로 건너가 도쿄에 있는 성공회 계열 학교인 릿쿄 대학 문학부 영문과에 입학한 후, 같은 해 10월 교토 도시샤 대학 영문학과로 편입했습니다. 윤동주가 존경하던 시인 정지용(《향수》의 저자)이 다녔던 도시샤 대학은 일본 조합 교회가 경영하는 개신교 학교였습니다.

창씨개명

1941년 말, 윤동주 시인의 가족은 성을 '히라누마(平沼)'로 창씨개명했습니다. 당시 일본 유학을 위해서는 창씨개명이 필수적이었으며, 창씨개명을 하지 않으면 출입국 서류 발급이 불가능했습니다. 따라서 유학을 준비하던 윤동주도 고향에서의 일본 억압을 피하고 유학을 위해 어쩔 수 없이 '히라누마'라는 이름을 받아들였습니다. 그러나 이 과정에서 그는 큰 심적 고통을 겪었으며, 개명 직전 5일 전에 쓴 시 〈참회록〉에는 개명으로 인한 깊은 슬픔과 아픔이 담겨 있습니다.

윤동주의 창씨개명 사실은 해방 이후 잘 알려지지 않았

으나, 1990년대에 들어서 일본의 식민지 지배와 한국 민족의 전통을 말살하려는 일본의 언어 및 글자 강요 정책이 다시 주목되면서 알려지게 되었습니다. 윤동주가 창씨개명을 한 이유는 단순히 억압을 피하기 위함만이 아니라, 유학을 위한 출입국 서류 발급을 위해 불가피한 선택이었다는 점을 기억해야 합니다.

일본 유학 생활, 그리고 체포

1943년 7월 14일, 윤동주는 귀향을 앞두고 치안 유지법 위반 혐의로 일본 경찰에 체포되어 교토의 카모가와 경찰서에 구금되었습니다. 그 다음 해, 교토 지방재판소에서 2년 형을 선고받고 후쿠오카 감옥에 수감되었습니다. 1944년 3월 31일, 교토 지방재판소 제1형사부의 재판장 이시이 히라오의 판결문에는 다음과 같은 내용이 있었습니다.

"윤동주는 어릴 적부터 민족 학교 교육을 받고 사상적 문화적으로 심독했으며 친구 감화 등에 의해 대단한 민족 의식을 갖고 내선(일본과 조선)의 차별 문제에 대하여 깊은 원망의 뜻을 품고 있었고, 조선 독립의 야망을 실현시키려 하는 망동을 했다."

이는 매우 터무니없는 내용이었습니다.

윤동주와 송몽규는 치안 유지법 제5조 위반 혐의로 각각 2년 형을 선고받고 후쿠오카 감옥으로 이송되었습니다.

윤동주는 1943년 7월 14일 치안 유지법 위반 혐의로 경찰에 체포될 때까지 약 9개월간 교토에서 생활했습니다. 당시 그는 일본의 군국주의 전쟁 동원 정책을 피하기 위해 여름 방학 중 고향 용정으로 돌아가려 했으나, 끝내 돌아가지 못했습니다.

윤동주의 죽음에 대해 당시 일본 측에서는 아무도 책임을 지지 않았습니다.

그러나 시간이 흐르면서 그의 시〈서시〉가 일본어로 번역되어 일본인들의 마음에 깊은 울림을 주자, 군국주의 일본에 의해 '희생된' 시인에 대한 애정과 안타까움이 점차 커졌을 것입니다.

윤동주 시인의 수감 생활과 최후

1945년 2월 16일 오전 3시 36분, 윤동주 시인은 후쿠오카 형무소에서 생을 마감했습니다. 그의 시신은 화장되어 가족에게 전달되었고, 그해 3월 장례 후 지린성 룽징시에 안장되었습니다. 당시 그의 나이는 27세였습니다. 할아버지 윤하현의 비석으로 준비했던 흰 돌을 윤동주의 비석으로 사용했습니다.

같은 해 2월 26일, 고향에 '2월 16일 동주가 사망했으니 시신을 수령하라'는 내용의 전보가 전달되었습니다. 아버지 윤영석과 당숙 윤영춘이 일본으로 가서 시신을 인수, 수

습 했습니다. 그러나 뒤늦게 '동주 위독하니 보석할 수 있음. 만일 사망시에는 시체를 가져가거나 아니면 큐슈 제대(九州帝大) 의학부에 해부용으로 제공할 것임. 속답 바람' 이라는 내용의 우편 통지서가 고향에 전달되었습니다.

이 통지서는 사망 통보보다 10일 늦게 도착했으며, 윤동주의 동생 윤일주는 이를 두고

"사망 전보보다 10일이나 늦게 온 이것을 본 집안 사람들의 원통함은 이를 갈고도 남음이 있었다." 라고 회고했습니다.

한편, 윤동주가 감옥에서 정체 불명의 주사를 정기적으로 맞았다는 주장과 함께, 그의 죽음이 일본의 생체 실험과 관련이 있다는 확인되지 않은 주장도 제기되고 있습니다.

윤동주의 죽음 그 이후

1947년 2월, 정지용이 경향신문에 윤동주의 유작을 처음으로 소개하며 추모 기사를 썼고, 그와 함께 추모식이 열렸습니다.

1948년 2월, 윤동주 3주기 추모식을 맞아 그의 유작 31편과 정지용의 서문이 실린 첫 유고 시집 《하늘과 바람과 별과 시》가 임시 출판되었습니다.

이후 1962년 3월부터 독립 유공자들이 발굴, 훈장이 수여되면서, 윤동주에게도 건국훈장이 신청되었으나 그의 가

족은 이를 정중히 거절했습니다. 이후 1990년 8월 15일에야 비로소 건국 공로 훈장 독립장이 추서되었습니다. 1985년 에는 한국 문인 협회가 윤동주 시인의 시 정신을 계승하기 위해 '윤동주문학상'을 제정했습니다.

윤동주의 대표 작품

《하늘과 바람과 별과 시》초간본 (1948.2.)

윤동주의 시집은 그가 죽은 후에 출간되어 큰 반향을 일으켰습니다.

《새 명동》

《서시(序詩)》

《또 다른 고향》

《별 헤는 밤》

《하늘과 바람과 별과 시》 – 대부분의 윤동주 시 작품은 이 유고 시집에 포함되어 있습니다. 1948년 초간본은 31편 의 시가 수록되었으나, 유족들이 보관한 시를 추가하면서 1976년 3판에는 총 116편의 시가 실리게 되었습니다.

《별을 사랑하는 아이들아》

《쉽게 씌어진 시》

경향 및 평가

윤동주는 민족 시인이자 강한 의지와 부드러운 서정성을 지닌 시인으로 평가받습니다. 1986년에는 20대 젊은이들이 가장 좋아하는 시인으로 선정되었으며, 북한에서는 그를 '일제 말기에 독립 의식을 고취한 애국 시인'으로 평가하고 있습니다. 그의 시는 삶에서 얻은 내용을 서정적으로 표현하고 있으며, 인간과 우주에 대한 깊은 사색, 식민지 지식인의 고뇌, 그리고 진정한 자기 성찰을 담고 있다고 평가되고 있습니다.

윤동주의 기념물

1968년 11월 2일, 윤동주의 유고 시 〈서시〉가 새겨진 '윤동주 시비(詩碑)'가 연세대학교에 세워졌습니다.

1985년부터 《월간 문학지》는 그의 이름을 기념한 「윤동주 문학상」을 매년 선정 및 시상하고 있습니다.

1990년 대한민국 정부는 그의 공로를 인정하여 그에게 건국 공로 훈장 독립장을 추서했습니다.

1992년 9월에는 그의 모교인 용정 중학교에 〈서시(序詩)〉가 새겨진 시비가 세워졌습니다.

1995년 일본 도시샤 대학에는 그의 자필로 쓴 〈서시〉와 그 시의 일본어 번역이 새겨진 기념비가 건립되었습니다.

2005년에는 윤동주가 가장 좋아했던 시인 정지용의 시비가 그 옆에 세워졌습니다. 또한 교토대학 인근에 그가 머물렀던 곳에 기념비를 세우려는 움직임도 있습니다.

1999년 그는 한국 예술 평론가 협의회에 의해 20세기를 빛낸 한국의 예술인으로 선정되었습니다.

윤동주의 가족 관계

증조부: 윤재옥

조부: 윤하현(尹夏鉉, 1875년 3월 8일(음력 2월 1일) ~ 1948년 9월 4일)

조모: 강씨 부인(1875년 ~ 1947년)

아버지: 윤영석(尹永錫, 1895년 8월 1일 ~ 1965년 4월 20일)

어머니: 김용(金龍, 1891년 10월 1일 ~ 1948년 9월 26일, 본관은 전주(全州))

누이: 윤혜원(尹惠媛, 1924년 ~ 2011년 12월 11일)

매제: 오형범(1924년 ~ 2015년 3월 11일)

조카: 오철주

남동생: 윤일주(尹一柱, 아명은 윤달환, 1927년 11월 23일 ~ 1985년 11월 28일, 前 성균관대 건축 공학과 교수)

제수: 정덕희(정병욱의 여동생)

조카: 윤인석(尹仁石, 1956년 ~ 現 성균관대 건축학과 교수)

남동생: 윤광주(尹光柱, 아명은 윤별환, 1930년 6월 19일 ~1966년 10월 8일, 시인.)

고모: 윤신영(1897년~?)

고모부: 송창희(1891년~1971년)

이복 외삼촌: 김약연(金躍淵, 1868년 9월 12일 ~ 1942년 10월 29일), 한학자, 독립 운동가

사돈: 정병욱(鄭炳昱, 1922년 3월 25일 ~ 1982년 10월 12일, 국문학자)

기타

윤동주의 창씨개명 사실은 1990년대 이후에 알려지기 시작했습니다. 창씨개명에 대한 논의가 처음 제기되었을 때, 윤동주를 연구하던 한 교수는 이를 언급하는 데 상당한 곤혹을 느꼈다고 합니다. 그의 창씨개명 사실은 2005년 이후에야 공식적으로 인정되었습니다. 다만 윤동주가 일본 유학을 위해 어쩔 수 없이 개명에 참여했다는 설이 유력합니다.

윤동주는 학창 시절 축구를 좋아했으며 축구 선수로 활동했다는 기록도 남아 있습니다. 당시의 학교 축구팀은 오늘날과는 다소 다른 형태였고, 기록에서는 "축구 선수"라는 표현을 사용했습니다.

이는 단순히 윤동주가 축구를 좋아했다는 의미를 넘어,

집회의 자유가 거의 없었던 일제강점기의 억압 속에서 스포츠 활동에 참여함으로써 일본의 통제에 저항했다는 상징성을 지닙니다.

윤동주의 대표 시와 그에 대한 감상과 평

1. 병원(1940년 12월 발표)

살구나무 그늘로 얼굴을 가리고, 병원 뒤뜰에 누워,
젊은 여자가 흰 옷 아래로 하얀 다리를 드러내 놓고
일광욕을 한다. 한나절이 기울도록 가슴을 앓는다는 이
여자를 찾아오는 이, 나비 한 마리도 없다. 슬프지도 않은
살구나무 가지에는 바람조차 없다.

나도 모를 아픔을 오래 참다 처음으로 이 곳에 찾아왔다.
그러나 나의 늙은 의사는 젊은이의 病(병)을 모른다.
나한테는 病(병)이 없다고 한다. 이 지나친 시련, 이
지나친 피로, 나는 성 내서는 안 된다.

여자는 자리에서 일어나 옷깃을 여미고 화단에서
금잔화 한 포기를 따 가슴에 꽂고 병실로 사라진다.
나는 그 여자의 건강이 아니 내 건강도 속히 회복되기를
바라며 그가 누웠던 자리에 누워 본다.

이 시는 널리 알려진 시는 아닙니다.

〈병원〉이라는 제목으로 출판될 예정이었으나, 윤동주 시
인의 후배이자 국문학자인 정병욱의 반대로 시인 윤동주가

직접 〈하늘과 바람과 별과 시〉라는 제목을 선택한 것으로 전해집니다.

시의 배경인 '병원'은 당시의 식민지 현실을 간접적으로 드러내는 상징적 표현으로 볼 수 있습니다.

그렇다고 윤동주 시인을 일본 제국주의에 저항한 민족 시인으로만 한정 짓는 것은 적절하지 않습니다. 동시를 제외한 그의 시 대부분은 '병원'이라는 시적 공간 속에서 인간의 보편적 고뇌와 연결되어 있다고 평가받고 있습니다.

〈병원〉에서 윤동주는 아픔, 죽음, 부끄러움, 죄악, 실존의 고통이 공존하는 장소를 묘사하며, 동시에 탄생과 즐거움이 함께하는 장소로도 그려냅니다. 그의 대표작인 〈서시〉도 이 〈병원〉이라는 시 안에 있습니다.

시 속에서 〈하늘, 죽음, 바람, 잎새〉는 대립적이지만 상호 보완적인 관계로 얽혀 있습니다. 죽음을 피할 수 없는 인간은 하늘을 우러러 부끄러움을 느끼고, 별[星]을 동경합니다.

하늘의 기운인 바람은 별을 아프게 스쳐 지나고, 바람은 작고 가녀린 잎새를 괴롭히며 그러한 괴로움은 시인에게 "사랑"이라는 절대 명제를 떠올리게 합니다.

2. 서시(序詩 1941년 발표)

죽는 날까지 하늘을 우러러
한 점 부끄러움이 없기를,
잎새에 이는 바람에도
나는 괴로워했다.
별을 노래하는 마음으로
모든 죽어 가는 것을 사랑해야지
그리고 나한테 주어진 길을
걸어가야겠다.
오늘 밤에도 별이 바람에 스치운다.

　이 시는 윤동주가 연희전문학교를 졸업하기 한 달 전에 쓴 것입니다. 19편의 시를 수록한 시집의 제목은 원래 〈병원〉으로 계획했으나, 정병욱의 반대로 윤동주가 직접 〈하늘과 바람과 별과 시〉로 이름을 짓고 77부 한정판으로 인쇄했습니다. '77'이라는 숫자가 무엇을 의미하는지는 아무도 알지 못합니다. 그는 세 권의 자필 시집 중 두 권을 이양하 교수와 정병욱에게 나눠주며 스스로를 위로해야 했고, 이것이 그의 마지막 시집이 되었습니다.

　다음은 1993년 3월호 《문학사상》에 실린 이어령 교수의 평론 일부를 소개합니다.

　윤동주 씨는 항일 운동을 하다가 죽은 시인이며 기독교

신자이기 때문에 시를 읽기 전부터 어떤 준비된 틀을 갖고 대하게 될 경우가 많은 것입니다.

그래서 "나한테 주어진 길을 걸어가야겠다."는 시구를 놓고도 사람에 따라 독립 운동이라는 정치적 층위(層位)에서 읽으려 할 것입니다. 독립 운동의 길, 종교적 순교의 길, 혹은 아름다움을 구하는 언어의 길일 수도 있을 것입니다. 그러나 잠시 우리가 윤동주의 전기적 요소를 잊고 쓰여진 시의 구조, 언어로 이루어진 순수한 건축물의 구조만을 가지고 읽어 보면 그와 같은 고정된 시점이 아니라 좀더 자유로운 의미의 생성과 접하게 될 것입니다.

1행에는 "죽는 날까지"라는 시구가 나옵니다. 두말할 것 없이 "죽는 날까지"를 다른 말로 바꾸어 보면 "살아 있는 동안"이라는 의미를 내포하고 있습니다. 그러니까 이 시구에서 죽음과 삶이라는, 대립되는 의미소와 이 대립의 축을 이루는 것은 시간으로서, 공간과 대립되어 있음을 알 수 있습니다.

바로 그 다음에 하늘이라는 말이 나오는데 앞의 죽음과 생, 그리고 시간이라는 의미소와 관련지어질 때 당연히 하늘의 의미소가 어떤 것인지 몇 개의 특성을 알게 됩니다. 우선 하늘과 앞의 시구와는 강렬한 대응성으로 연결될 수밖에 없지요. 하늘을 하늘이게끔 차이화하는 것은 두말할 것 없이 땅이라는 것입니다. 하나는 높고 하나는 낮습니다. 그리고 시간축으로 볼 때 하나는 불변 영원한 것이고 하나는 변하는 것이며 한정된 것입니다. 더구나 하늘을 "우러러"라는 말은 낮은 곳에서 높은 곳을 치켜 보는 것이기 때문입니다. 지상적인 한계에서 천상적인 영원한 것을 염원하고 있는 것입니다.

[이하 생략]

3. 참회록(懺悔錄 1942년 발표)

파란 녹이 낀 구리 거울 속에
내 얼굴이 남아 있는 것은
어느 왕조(王朝)의 유물(遺物)이기에
이다지도 욕될까

나는 나의 참회(懺悔)의 글을 한 줄에 줄이자
── 만 이십 사년 일 개월(滿二十四年一個月)을
무슨 기쁨을 바라 살아 왔던가

내일이나 모레나 그 어느 즐거운 날에
나는 또 한 줄의 참회록(懺悔錄)을 써야 한다.
── 그 때 그 젊은 나이에
왜 그런 부끄런 고백(告白)을 했던가

밤이면 밤마다 나의 거울을
손바닥으로 발바닥으로 닦아 보자

그러면 어느 운석(隕石) 밑으로 홀로 걸어가는
슬픈 사람의 뒷모양이
거울 속에 나타나온다

이 시에서 "파란 녹이 낀 거울"은 윤동주 시인의 다른 작품인 「자화상」의 "우물"과 같은 의미로 볼 수 있습니다. 그리스 신화의 나르키소스(나르시스)가 자신을 잊게 만드는 호수를 보았다면, 윤동주에게 이 거울은 자신을 되돌아보게 하고 신의 계시를 깨닫게 하는 거울입니다. 이 시는 윤동주의 개인적인 여정과도 깊이 관련이 있습니다.

1939년 11월, 일본 정부는 조선인에게 적용되었던 민법(조선민사령)을 개정하고, 1940년 2월부터는 '창씨개명'이라는 강압적인 정책으로 한국인의 이름과 성을 바꾸도록 강요했습니다. 단 6개월 만에 75%에 달하는 우리 민족이 자신의 성과 이름을 포기해야 했습니다. 일본 정부는 한국인뿐만 아니라 일본의 원주민인 아이누 족에게도 같은 방법을 사용하여 그들의 민족적, 역사적 정체성을 훼손했습니다.

윤동주 시인은 연희전문학교를 졸업할 때까지 창씨개명을 하지 않았지만, 일본에서 공부하기 위해 결국 1941년 1월에 "평소 동주(平沼東柱)"라는 이름으로 바꿀 수밖에 없었습니다.

이 시 「참회록」은 윤동주가 창씨개명을 하기 5일 전에 쓴 시라고 알려져 있습니다. 윤동주는 이 시를 통해 자신의 잘못과 고통을 참회하며, 온 마음을 다해 자신을 되돌아보는 거울을 닦습니다. 그 거울 속에는 슬픔과 외로움에 가득 찬 자신의 모습이 비칩니다. 그는 하늘을 우러러 조금도 부끄러움이 없기를 바라며 시를 씁니다.

윤동주는 이 창씨개명이라는 수치와 고통 속에서도 별을 사랑하듯이 모든 죽어가는 것들을 사랑하자는 마음으로 이 시를 썼습니다. 이는 주어진 길을 따라가야 한다는 깨달음에 이르며, 거울 속에서 슬프고 외로운 순교자의 자아를 발견하는 과정이었습니다. 유성이 떨어지는 하늘 아래 홀로 걸어가며, 그 유성을 "별의 죽음"으로 여길 때, 별을 노래하던 마음속 세계는 커다란 슬픔에 빠진 것처럼 보입니다.

이 시는 감정적인 서술적 구조로 인해 다소 불안정해 보일 수 있지만, 윤동주의 맑은 자아는 녹이 슨 거울 너머로 별빛처럼 반짝입니다.

4. 쉽게 쓰여진 시(1942년 발표)

창 밖에 밤비가 속살거려
육첩방(六疊房)은 남의 나라,

시인이란 슬픈 천명(天命)인 줄 알면서도
한 줄 시를 적어 볼까,

땀내와 사랑내 포근히 풍긴
보내 주신 학비 봉투를 받아

대학 노―트를 끼고
늙은 교수의 강의 들으러 간다.

생각해 보면 어린 때 동무를
하나, 둘, 죄다 잃어 버리고

나는 무얼 바라
나는 다만, 홀로 침전(沈澱)하는 것일까?

인생은 살기 ― 어렵다는데
시가 이렇게 쉽게 쓰여지는 것은
부끄러운 일이다.

> 육첩방(六疊房)은 남의 나라
> 창 밖에 밤비가 속살거리는데
>
> 등불을 밝혀 어둠을 조금 내몰고
> 시대처럼 올 아침을 기다리는 최후의 나
>
> 나는 나에게 작은 손을 내밀어
> 눈물과 위안으로 잡은 최초의 악수

  윤동주는 원하지 않던 창씨개명을 하고, 고종 사촌이었던 송몽규와 함께 일본으로 유학을 떠났습니다. 그는 일본 자야마[茶山(다산)]라는 동네의 다케다[武田(무전)]라는 일본식 아파트에서 짧은 시간을 보냈습니다.

  1930년대에 시인 이상(李箱)이 일본에서 방황하며 느꼈던 수치와는 다른, 더 깊은 부끄러움이었을 것입니다.

  1940년대 전시 동원 체제가 강요되던 시기, 윤동주는 기독교인으로서 자신의 신앙을 지켜가며 이러한 상황을 부끄러움과 상실감, 무력함 속에서 받아들일 수밖에 없었을 것입니다.

  윤동주가 느꼈던 밀실(密室)에 대한 공포, 두려움을 표현한 단어가 "육첩방"입니다.

  이는 환자들이 병을 앓으면서도 치료 가능성 없는 이상

의 '병원'과 비슷하게 닫힌 공간이라는 점에서 공통점이 있습니다. 이상 시인이 병들고 퇴화된 날개로 날개짓하며 부활을 꿈꾸는 나비처럼 그 공간을 벗어나려는 열망이 있었다면, 윤동주에게서는 그런 열망을 느낄 수 없습니다. 오직 그는 창씨개명이라는 부끄럽고 수치스러운 의식을 강요당한 것에 깊은 상처를 느꼈습니다. 이상이 자신의 뜻으로 김해경에서 이상으로 이름을 바꾼 것과 달리, 윤동주는 부끄러운 역사의 압박 속에서 창씨 개명을 할 수밖에 없었기 때문입니다.

윤동주는 이 육첩방에서 비오는 밤의 소리를 들으며, 마치 신앙을 잃은 수도자처럼 고뇌에 빠집니다. 자신이 있는 곳이 조국이 아닌 타국이라는 현실을 깨달으며, 윤동주는 어느 순간 자신의 "소명"을 자각하게 됩니다. 그가 우리말인 조선어를 배우거나 가르칠 수 없는 이 비참한 상황 속에서, 윤동주는 녹슨 청동(靑銅) 거울을 닦아내듯 참회하는 시를 씁니다.

그는 연희전문학교의 부모님께서 마련해 준 학비로 유학을 가, 일본에서 "늙은 교수의 재미 없는 강의"를 들으며 자신의 현실을 되돌아보게 됩니다. 또한 윤동주는 어린 시절 친구들을 잃었다는 상실감으로 인해 더욱 고통을 느낍니다.

이 시의 마지막 연,

나는 나에게 작은 손을 내밀어
눈물과 위안으로 잡은 최초의 악수

‘손님’에게 내미는 감동적인 악수를 말합니다. 여기서 ‘악수’는 ‘나’와 또 다른 ‘나’ 사이의 악수입니다. 서로 갈등하던 자아가 결국 하나로 통합되는 것으로 볼 수 있습니다. 윤동주는 이것이 바로 ‘내 길’이자 소명이라는 것을 분명히 깨달았습니다.

시인 이상화의 시에 나오는 ‘침실’은 부활을 위한 공간이고, 이육사의 시에 나오는 ‘광야’는 노래의 씨앗을 뿌리기 위한 공간입니다. 그러나 윤동주의 “육첩방” — 밀실은 신(神)과의 화해 위해 자아를 부정하고 반성하는 공간이기도 합니다.

5. 별 헤는 밤(1941년 발표)

계절이 지나가는 하늘에는
가을로 가득 차 있습니다.

나는 아무 걱정도 없이
가을 속의 별들을 다 헤일 듯합니다.

가슴 속에 하나 둘 새겨지는 별을
이제 다 못 헤는 것은
쉬이 아침이 오는 까닭이요,
내일 밤이 남은 까닭이요,
아직 나의 청춘이 다 하지 않은 까닭입니다.

별 하나에 추억과
별 하나에 사랑과
별 하나에 쓸쓸함과
별 하나에 동경과
별 하나에 시와
별 하나에 어머니, 어머니,

어머님, 나는 별 하나에 아름다운 말 한 마디씩 불러
봅니다. 소학교 때 책상을 같이 했던 아이들의 이름과
패(佩), 경(鏡), 옥(玉), 이런 이국(異國) 소녀들의

이름과, 벌써 애기 어머니 된 계집애들의 이름과,
가난한 이웃 사람들의 이름과, 비둘기, 강아지, 토끼,
노새, 노루, '프랑시스 잠', '라이너 마리아 릴케', 이런
시인들의 이름을 불러 봅니다.

이네들은 너무나 멀리 있습니다.
별이 아슬히 멀 듯이,
어머님,
그리고 당신은 멀리 북간도에 계십니다.

나는 무엇인지 그리워
이 많은 별빛이 내린 언덕 위에
내 이름자를 써 보고
흙으로 덮어 버리었습니다.

딴은, 밤을 새워 우는 벌레는
부끄러운 이름을 슬퍼하는 까닭입니다.

그러나 겨울이 지나고 나의 별에도 봄이 오면
무덤 위에 파란 잔디가 피어나듯이
내 이름자 묻힌 언덕 위에도
자랑처럼 풀이 무성할 게외다.

이 시의 궁극적인 결론은 "북간도"와 "풀"입니다. 간단히 말하자면, 윤동주는 북간도언덕(무덤)이라는 모성(母性)의 공간에서 새로운 이름으로 자랑스럽게 태어나고자 했던 것입니다. 이런 의미에서 이 시는 조선 말기 자결한 매천 황현의 절명시(絶命詩)와 같은 존엄과 엄숙함을 지니고 있습니다. 이 시에 대해, 1974년 가을호 「창작과 비평」에 실린 김홍규의 저서 『윤동주론』에서 인용하여 대신 소개하고자 합니다.

이 작품은 크게 세 부분(1~3연, 4~7연, 8~10연)으로 구분된다. 이 중 가운데 부분은 별을 하나하나 헤며 온갖 아름다운 기억과 애틋한 그리움을 더듬는 환상의 여행을 보여 준다.

화자(話者)는 윤동주의 자전적 얼굴로서, 그는 고향 북간도를 떠나 외지에 있는데, 이 곳은 육신에게 뿐 아니라 영혼에게도 낯선 곳이다. 때문에 그는 외지의 어둠 속에서 간절한 목소리로 어머니와 유년기의 추억 어린 이름들과 갈등의 현실을 모르는 순한 동물들과 그에게 공감을 주었던 시인들의 이름을 부른다.

이들 사물은 전체적으로 보아 하나의 의미를 중심으로 결합한다. 그것은 바로 고향, ──갈등의 세계에 대립하는 평화와 화해의 공간이다.

이들에 대한 그리움이 얼마나 뜨겁고 절실한 것인가는
이 부분의 내용 뿐 아니라 어조와 리듬에서도 잘
드러난다.

4,5연을 제외한 나머지 부분은 특별한 운율적
작위(作爲)가 없이 통사적(統辭的) 단위(문법적 단위,
語節)에 의해 행(行) 구분이 되었다. 따라서 말의
템포(빠르기)는 특별한 주의를 끌 만큼 빠르거나 느리지
않고 평평하다.

반면에 4연은 극히 짧게 끊어져 있으며, 5연은 행
구분이 전혀 없이 한 문장으로 접속되어 있다.

이에 따라 4연은 반복되는 "별 하나에"란 말과
더불어 규칙적이고도 느릿한 리듬으로 차분하게 명상적
내용을 강화한다.

5연은 주마등처럼 지나가는 추억의 연쇄인 바, 줄글로
잇대어진 숨가쁜 흐름에 조응(照應)한다.

이리하여 이 부분에서 순박하고 평화로운 세계에
대한 그리움은 우리에게 지적, 감각적 체험의 힘으로
다가온다.

그러나 이 작품에서 우리가 보다 절실한 감동을
느끼도록 하는 계기는 이 화해의 세계가 "멀리
있음"을 깨닫는 데 있다. 그것은 지리적으로 멀리
있으며[北間道, 외국 시인], 시간적으로 거슬러 올라갈
수 없는 과거에 속해 있다.

그가 그리워하는 세계의 사물의 "별"에 비유된 것은 그런 의미에서 매우 적절하다. 이들은 모두 "어둠 속에 아름답게 반짝이는, 그러나 닿을 수 없는 거리에 있고, 현재의 어둠을 몰아 낼 수도 없는 것이기 때문이다.

이렇게 해서 확인된 환상적 구원의 불가능함은 셋째 부분에 와서 "지금 ——여기"에서의 자기 성찰을 촉발한다.

"나"의 다른 표현인 "부끄러운 이름"을 슬퍼하는 것이다. 이러한 자기 인식이 소극적이라든가 여성적인 것이라고 해서 낮게 평가될 수는 없다. 자신의 꿈과 현실 사이의 어긋남을 정직하게 바라보는 것 ——여기에 이미 도덕적 시적 승리에의 한 전진이 있기 때문이다.

별을 노래하다 별이 된 시인 – 윤동주 평설(評說)

하늘과 바람과 별과 시

2024년 11월 20일   초판 인쇄
2024년 11월 25일   초판 발행

지은이   윤동주
편 집   이주리
펴낸이   조봉상외 1명
펴낸곳   (유)한국영상문화사
공급처   (유)태평양저널

주소   서울시 영등포구 신길로 23
전화   02 · 834 · 1806-7
팩스   02 · 834 · 1802
등록   1991년 5월 3일 (제2017-000030)

ISBN 979-11-91953-27-5
정가 11,800원